最後の授業

ぼくの命があるうちに

The Last Lecture

by Randy Pausch with Jeffrey Zaslow
translation by Kaoru Yahano

カーネギーメロン大学教授
ランディ・パウシュ
＋ジェフリー・ザスロー＝著
矢羽野薫＝訳

ランダムハウス講談社

最後の授業

――ぼくの命があるうちに

THE LAST LECTURE
by Randy Pausch with Jeffrey Zaslow

Originally published in the United States and Canada as
THE LAST LECTURE
This translation published by arrangement with
Hyperion, an imprint of Buena Vista Books, Inc.,
through The English Agency (Japan) Ltd.

All imagery courtesy of the author,
with the exception of the photographs on pp. 23 and 233,
by Kristi A. Rines for Hobbs Studio, Chesapeake, Virginia,
and the photograph on p.247, by Laura O'Malley Duzyk.

イラストレーション
川口澄子(文京図案室)

ブックデザイン
鈴木成一デザイン室

夢を見させてくれた両親に感謝をこめて
そして、僕の子供たちが見る夢に期待をこめて

二〇〇七年九月一八日、ペンシルベニア州ピッツバーグ。ハイテクの街として知られるこの地に本拠を置くカーネギーメロン大学の講堂で、一人の教授が「最後の講義」を行った。

教授の名前はランディ・パウシュ。バーチャルリアリティの第一人者とされ、コンピュータサイエンス界の世界的権威と称される人物だ。最後の講義の一カ月前、パウシュは膵臓癌が転移しているとわかり、余命宣告を受けていた。三人の幼い子供をもつ四六歳の男に残された時間は、あとわずか。

講義を終えたパウシュを迎えたのは、講堂を埋めつくした四〇〇人の聴衆の、割れんばかりの拍手とスタンディングオベーションだった。複数のテレビ番組がこの講義について報じ、二五〇〇万人以上がパウシュの姿を目にした。講義の模様はインターネットでも動画配信され、またたく間にのべ六〇〇万ものアクセス数を獲得した。その数は、最後の講義が行われた日から半年以上たったいまも増えつづけている。

はじめに

僕はエンジニアリング上の問題をかかえている。

基本的にはすこぶる健康だが、肝臓に腫瘍が一〇個あり、あと数カ月しか生きられない。

僕は三人の幼い子供の父親で、妻は理想の女性だ。自分をかわいそうだと思うのは簡単だが、それでは妻と子供にとっても、僕にとっても、何もいいことはない。

このごく限られた時間を、どのように過ごせばいいのだろう。

わかりやすい答えは、家族を大切にして一緒に過ごすことだ。許されるあいだは一緒にいられるすべての瞬間をいつくしみ、彼らが僕のいなくなった人生を穏やかに過ごすために必要な準備をすることだ。

わかりにくい答えは、これから二〇年かけて子供たちに教えていくべきことを、いま、どのように伝えるかということだ。そうした話をするには、子供たちはまだ幼すぎる。

親ならだれでも、自分の子供に善悪の分別を教え、自分が大切だと思うことを伝え、人生で訪れる問題にどのように立ち向かうかを教えてやりたい。自分が人生で学んだことを話して、子供が人生を歩む道しるべのひとつにしてほしい。僕も親としてそう思うから、カーネギーメロン大学の「最後の講義」を引き受けた。

最後の講義は録画されることになっている。僕はその日、学術的な講義をするふりをしながら、自分という人間を空き瓶に詰めこみ、海辺に流れ着いたその瓶を子供たちが拾う日のことを考えていた。僕が画家だったら、子供たちのために絵を描くだろう。ミュージシャンだったら曲をつくる。でも僕は教師だ。だから講義をした。

僕は人生の喜びについて語り、人生を——僕の人生はほんの少ししか残されていないけれど——どんなふうに楽しんでいるかについて語った。誠実さや率直さや感謝など、僕が大切にしているものについて語った。そして、僕の講義を聴きに来てくれた人たちを退屈させないように、かなりがんばった。

この本は、最後の講義のつづきでもある。残された時間は貴重で、できるかぎり子供たちと過ごしたいから、ジェフリー・ザスローに協力を求めた。僕は毎日のように近所を自転車で走り、健康維持に欠かせないエクササイズをしている。自転車をこぎながら、ヘッドセットをつけた携帯電話でジェフと話すこと五三回。ジェフは長い時間をかけて、僕の物語――五三回の「講義」――をこの本にまとめてくれた。

はじめからわかっている。この「講義」のどれも、生きている親のかわりになどならない。でも、大切なのは完璧な答えではない――限られたなかで最善の努力をすることだ。最後の講義でもこの本でも、僕はそのとおり努力した。

ランディ・パウシュ

目次

第1章 最後の講義

これまでの人生をふり返って、
僕は本当に幸運な男だとつくづく思う。
癌には侵されているが、
こうして夢を実現してきたのだから。
夢を実現できた理由の大部分は、
たくさんのすばらしい人たちに教わってきたことのおかげだ。
僕が愛するもののすべては、
子供のころからの夢と目標に根ざしている。
そして、夢や目標のほぼすべてを実現してきた道のりに。
僕らしさは、すべての夢の具体的な中身としてかたちづくられ、
四十数年間の人生を定義している。

傷を負ったライオンは、それでも吠えたい

最近は多くの大学で「最後の講義」が行われている。あなたもどこかで一度くらい聴いたことがあるかもしれない。

講義をする人は死を覚悟した気持ちになり、自分にとって何がいちばん大切かを考える。そして、講義を聴く人も同じ問題を考えずにいられない――人生最後の機会とわかっているとき、自分ならどんな知恵を伝えたいか。明日この世から消えなければならないとき、何を置き土産にしたいか。

カーネギーメロン大学でも、何年も前から「最後の講義」シリーズが行われてきた。僕が依頼されたときは「ジャーニー」シリーズと名前が変わっていて、「個人的および仕事上の旅《ジャーニー》をふり返る」講義をすることになっていた。好奇心をおおいに刺激されるというほどでもなかったが、僕は引き受けた。講義の日程は二〇〇七年九月と決まった。

当時、僕はすでに膵臓癌《すいぞうがん》と診断されていたが、楽観的だった。自分は幸運にも生き延びた人たちの仲間に入れるだろう、と。

治療を受けているあいだ、講義の事務局から何通もメールが来た。

「どんな話をしますか？」

「要旨を教えてください」

学問の世界には、忙しくても無視できない手続きがある。たとえ死と闘うのに忙しくても。八月半ばまでに講義のポスターを印刷しなければならないと言われ、いよいよテーマを決めなければならなかった。

しかし、ちょうどその週に、僕はあの知らせを聞かされた。いちばん最近受けた治療が効かなかったのだ。僕に残された人生はあと数カ月だった。

講義をキャンセルすることもできただろう。みんな納得してくれただろう。突然、講義のほかにやらなくてはならないことがたくさんできた。自分自身の悲痛と、僕を愛してくれる人たちの悲痛と、向き合わなければならなかった。家庭に関する用事や整理を優先しなければならなかった。

それでも、あらゆる理由を考えても、講義のことを頭から追いだすことはできなかった。正真正銘の最後となる「最後の講義」をする――そう考えると力がわいてきた。僕は何を伝えられるだろうか。僕の話はどんなふうに受けとめられるだろうか。そもそも講義をやり遂げられるだろうか。

「キャンセルさせてもらえるだろうけど、どうしてもやりたいんだ」と、僕は妻のジェイに言った。

ジェイはいつも僕のチアリーダーだ。僕が夢中になると、彼女も夢中になる。でも今回の「最後の講義」に関しては、彼女ははじめから嫌がっていた。僕たちは大学のあるペンシルベニア州ピッツバーグからバージニア州南東部に引っ越したばかりだった。僕がこの世を去ったあと、ジェイと子供たちがジェイの家族の近くで暮らすためだ。ジェイは、講義の準備に長い時間をとられるうえ、はるばるピッツバーグに戻って講義をするより、僕の貴重な時間を子供たちと過ごし、新居で荷物を整理するために使うべきだと考えていた。

「自分勝手だってことはわかっているの」と、ジェイは言った。「でも、私はあなたのすべてがほしい。あなたが今回の講義のために費やす時間は、すべて失われた時間になるのよ。子供たちと私から時間を奪うのだから」

彼女の気持ちは理解できた。病気がわかったときから、僕はジェイに最大限の敬意を払い、彼女の望みを尊重しようと自分に誓っていた。僕の病気が彼女の人生にもたらした重荷を軽くするために、できるかぎりのことをするのが僕の使命だと思った。だから、僕のいない家族の将来に備えるために、起きている時間の多くを費やしていた。しかしそれでも、最後の講義をしたいという衝動は抑えられなかった。

研究者として、僕は何回かすばらしい講義をしてきた。でも、コンピュータサイエンスの分野で最高のスピーカーと思われることは、言ってみれば「七人の小人」のなかでいちばん背が高いというだけのこと。それに、そのとき僕は、自分のなかに伝えたいことがもっとあるのだと感じていた。

僕のすべてを賭けて語ることができたら、何か特別なものを伝えられるかもしれない。「知恵」と呼ぶのは大げさだが、そんな感じかもしれない。

ジェイは納得しなかった。僕たちは数カ月前から会っていた心理療法士のミッシェル・レイスに話をした。彼女は不治の病に侵された人の家族を助ける専門家だ。

僕たちの話を聞いたレイスは、「ランディらしいわ」と言った。「仕事中毒だから。講義の準備を始めたら、どうなるかは想像がつきます。すっかり夢中になるでしょうね」。講義は、いま格闘している重大な問題から不必要に気持ちをそらすことにもなるでしょう――彼女はそうも言った。

ジェイが怒っている理由はもうひとつあった。講義をすることになれば、僕は前日にピッツバーグへ行かなければならない。その日はジェイの四一歳の誕生日だったのだ。

「一緒に祝う最後の誕生日なのに。私の誕生日に、そばにいてくれるつもりは本当にないのね」

もちろん、その日にジェイを置いていくと思うと胸が痛んだ。しかし、やはり講義のことが頭から離れなかった。そのころには、講義が僕の学者生活の最後の瞬間となり、「仕事の家族」に別れを告げる機会になると考えていた。野球の強打者が引退試合で、最後の一球を二階席にたたきこむのと同じことを、講義としてやるのだ。そんなふうに自分に酔っていた。映画『ナチュラル』の最後で、歳をとり傷を負った野球選手ロイ・ハブスが奇跡の特大ホームランを放つ場面が、僕は昔から好きだった。

レイスはジェイの話を聞き、僕の話を聞いた。レイスはジェイのなかに、強くて愛情深い女性を感じると言った。これから何十年も夫と充実した人生を築き、子供を立派に育てようと心に決めていた女性だ。しかし僕たちが一緒に人生を築く時間は、あと数カ月しかなかった。そして僕のなかには、仕事を辞めて完全に家庭に入る心構えがまだできず、もちろん死の床に入る覚悟もできていない男性がいた。

「今回の講義は、僕が大切にしている人たちの多くが、生身の僕を見る最後の機会になるでしょう」と、僕はレイスに言った。「自分にとっていちばん大切なことは何かを真剣に考えて、みんなにどんなふうに僕のことを覚えていてもらうかを僕が決めて、人生を終えようとしているときに何かいいことができる。そのチャンスをもらったんです」

レイスはそれまでに何回も、ジェイと僕が彼女のオフィスのソファに座り、固く抱き合いながら涙を流す姿を見ていた。僕たちが深く尊敬し合っていることがわかり、最後の時間を二人でしっかり過ごそうと誓っていることに心から感動しているという。「あなたたち自身が決めるべきよ」。彼女はそう言って、相手の気持ちに真剣に耳を傾ければ、二人にとっていい決断ができると励ました。

今回の講義がなぜ大切なのか、僕は考え直す必要があった。僕は生きていると自分も確認したいし、みんなにもわかってほしいからか？　まだ講義をする元気があると証明するため？　自分の最期を見てほしいという目立ちたがりの精神？

答えはすべてイエスだった。

「傷を負ったライオンは、まだ吠えられるかどうかを確かめたい」と、僕はジェイに言った。「威厳と自尊心の問題だ。虚栄心とは少しだけ違うんだ」

もうひとつ別の動機もあった。僕は今回の講義を、自分の目で見ることのない未来に通じる扉にしようと思いはじめていたのだ。

僕はジェイに、子供たちの年齢を強調した。五歳、二歳、一歳。

「五歳のディランは、大きくなっても僕の記憶がいくらかあるだろう。でも、どのくらい本当に覚えていると思う？　きみや僕だって、五歳のころの記憶といったら？　ディランは僕とどんな遊びをしたか、どんなことで一緒に笑ったか、覚えているだろうか。かなりあいまいな記憶かもしれない」

「そしてローガンとクロエは？　二人はまったく記憶がないかもしれない。何も。とくにクロエはね。

だから思うんだよ。子供たちが大きくなったら、つらくても、どうしても知らなくちゃいけないときが来る。『パパはどこ？』『どんな人だったの？』って。今回の講義は、その答えを見つけるのにきっと役立つよ」

僕は、講義を必ず録画してもらうと約束した。「ＤＶＤにしてもらおう。子供たちが大きくなったら見せてくれ。僕がどんな人間で、どんなことを大切にしていたか、彼らが理解しやすいように」

ジェイは僕の話を終わりまで聞いてから、当たり前の疑問をぶつけた。

「子供たちに言っておきたいことがあるなら、伝えたいアドバイスがあるなら、このリビングでビデオカメラを三脚にセットして、録画すればいいじゃない」

彼女の言うとおりかもしれなかった――いや、でも、そうではないのかもしれない。ジャングルに生きるライオンのように、僕が生きる場所は大学のキャンパスであり、学生たちの前だった。

「親が子供に何かを話すときは、第三者の保証があると効果的だよ」と、僕は言った。「講義を聴く人たちにタイミングよく拍手をさせて、笑わせることができたら、子供たちに話す内容にも威厳が加わるじゃないか」

ジェイは僕を見て――彼女の死にかけているエンターテイナーを見て――笑った。とうとう折れてくれた。僕が子供たちに「遺産」を残す方法を必死に考えていたことを、彼女も知っていたのだ。きっとこの講義も、そのひとつになるだろう。

ジェイの了承をもらったあとは、次の難題が待っていた。学問的な講義を、一〇年後や、もっと先まで子供たちの心に響くものにするには、どうすればいいか。

（左端から時計まわりに）
ローガン、クロエ、
ジェイ、僕、ディラン

癌の話に終始したくはなかった。僕の医学的な冒険談は別の話で、それについては僕自身、すでに何度も何度も考えてきた。病気との闘いに対する洞察やら、病気との闘いによってもたらされた新しい考え方やら、そういう説教をするつもりはなかった。死ぬことに関する話を期待する人も多いかもしれない。でも、僕の講義は「死ぬこと」についてではなく、「生きること」についてでなくてはならなかった。

「僕にしかないものは？」

この問いに答えることが、講義で語ることを見つける手助けになりそうだと思った。ジェイとジョンズ・ホプキンス病院の待合室に座り、病理検査の結果を待ちながら、彼女に自分の考えを投げかけた。

「癌は、僕にしかないわけじゃない」。この点に異論はない。膵臓癌だけでも、毎年三万七〇〇〇人以上のアメリカ人が癌と診断されている。

では、僕という人間をどう定義すればいいか。教師、コンピュータサイエンス学者、夫、父親、息子、友人、兄弟、学生たちのよき指導者。僕はすべての役割を大切にしている。でも、このなかでどの役割が、僕という人間を際立たせるのだろうか。

僕は普段から健全な自我をもっているが、今回は虚勢以上のものが必要だとわかっていた。たった一人で、僕は何を伝えることができるのか――。

そのとき、病院の待合室で答えが見えた。瞬間的にわかったのだ。

これまでの実績がどうであれ、僕が愛するもののすべては、子供のころからの夢と目標に根ざしている。そして、夢や目標のほぼすべてを実現してきた道のりに。僕らしさは、すべての夢の具体的な中身としてかたちづくられ、四六年間の人生を定義しているのだ。

待合室に座りながら、自分は夢を実現してきたのだから、癌ではあるが本当に幸運な男だと思った。そして夢を実現できた理由の大部分は、たくさんのすばらしい人たちに教わってきたことのおかげだ。自分がこうして感じている情熱をこめて話せば、講義を聴いた人が自分の夢を実現する道を切り開く手助けになるかもしれない。

僕はその場でノートパソコンを開き、このひらめきにわくわくしながら、すぐさま事務局にメールを送信した。ようやく講義のタイトルが決まった。

「遅くなって申し訳ありません。タイトルは以下のとおりです。『子供のころからの夢を本当に実現するために』」

ノートパソコンのなかの人生

子供のころの夢を、どんなふうに紹介すればいいのだろう。最後の講義を聴いている人とその人の夢をふたたび結びつけるためには、どうすればいいか。僕がコンピュータサイエンス学者としていつも考えている問題とは、勝手が違った。

バージニア州の新居でパソコンの前に座り、四日がかりでスライドや写真をスキャンしながら資料をつくった。僕はビジュアルで考える人間だから、言葉で書いた原稿はいらない。家族や学生や同僚の写真、子供のころの夢を説明する風変わりなイラストなど三〇〇枚以上を用意した。

講義の準備をしながら、九〇分おきに椅子から立ち上がり、子供たちと遊んだ。ジェイは、僕が家庭生活を大切にしようと努力していることはわかっていたが、講義の準備に時間を費やしすぎているとも思っていた。とくに引っ越しの直後は、当然ながら、家じゅうにあふれるダンボール箱の整理を手伝ってほしいと思っていた。

最初は、ジェイは講義を聴きに来るつもりはなかった。子供たちとバージニアに残り、引っ越しにともなうさまざまな用事を片づけようと思っていた。僕は「きみに来てほしい」と言いつづけた。どうしても彼女に来てほしかったのだ。結局、根負けしたジェイは、当日の朝に飛行機でピッツバーグに来ることになった。

ただし、僕は前日にピッツバーグに行かなければならなかった。九月一七日、ジェイが四一歳になった日、僕は午後一時半に彼女と子供たちに行ってきますのキスをして、車で空港に向かった。その前日にジェイの兄の家でささやかな誕生パーティーを開いたのだが、それでも僕の出発は、ジェイをあらためて悲しませた。今年の誕生日も、これから迎える誕生日もずっと、僕は彼女のそばにいないのだ。

ピッツバーグの空港で、ロサンゼルスから到着したスティーブ・シーボルトと落ち合った。スティーブは、僕が長期研究休暇《サバティカル》をとってコンピュータゲーム制作会社エレクトロニック・アーツで研究していたときに、同社の幹部を務めていた。以来、僕たちは兄弟のような仲だ。

抱擁して再会を祝い、レンタカーを借りて、ブラックユーモアを交わしながら市街地に向かった。スティーブは歯医者に行ったばかりだと言い、僕は二度と歯医者に行かなくていいんだと自慢した。

途中でドライブインに寄った。僕はテーブルの上でノートパソコンを開き、スライドを見せた。すでに二八〇枚まで厳選していたが、「まだ長すぎるな」と、スティーブは言った。「こんなにたくさんあったんじゃ、講義が終わるころにはみんな疲れきっているよ」

ちょうど子供たちの写真を見ていたとき、ウエイトレスが注文をとりに来た。薄いブロンドの髪をした三〇代の妊婦だった。「かわいいお子さんね」と言って、彼女は名前を訊いた。「これがディランで、ローガンに、クロエ」。ウエイトレスは、自分の娘の名前もクロエだと言い、僕たちは偶然を祝った。

スティーブと僕がスライドのつづきを確認していると、先ほどのウエイトレスが食事を運んできた。僕は彼女に妊娠のお祝いを言った。「うれしくてたまらないでしょう」

「そうでもないの。偶然できちゃって」

彼女の何気ない一言が、妙に心に残った。僕たちが人生の舞台に登場するときも——そして退場するときも——偶然の要素がはたらくのだ。一人の女性が偶然に子供を授かる。彼女はきっと、その子を愛するだろう。一方の僕は癌と偶然に出会った。三人の子供は僕の愛情なしで成長することになる。

一時間後、ホテルの部屋で一人になった僕は、子供たちのことを考えたまま講義で使う画像を整理した。部屋のワイヤレス通信は不安定で、ネットに接続しながら資料を見ていたせいでパソコンが駄々をこねた。おまけに数日前に受けた化学療法の副作用が始まり、腹痛と吐き気と下痢におそわれた。

作業は真夜中までかかり、いつのまにか眠ってしまって、午前五時に目が覚めたときはパニックにおそわれた。こんな状態でうまくいくだろうか……。僕は自分に言い聞かせた。「一時間で自分の人生をすべて語ろうとしているんだから、不安になって当たり前だ」

ひきつづき画像をいじりまわし、考えて考えて整理し直した。午前一一時にはそれなりの筋書きがまとまった。うまくいきそうだ。シャワーを浴びて着替えをした。

ジェイが空港から到着して、スティーブと三人でランチを食べた。話は深刻なほうに流れていき、スティーブはジェイと子供たちを助けていくと誓ってくれた。

午後一時半、僕が人生の大半を過ごした大学のコンピュータ研究室の入り口で、僕の名前が入ったプレートの除幕式が行われた。大学が僕の名誉を称えてくれたのだ。

二時一五分、自分のオフィスで僕はまたしてもひどい気分におそわれていた。くたくたで、化学療法の副作用がひどく、念のためにもってきた大人用オムツを着けて壇上に立たなければならないだろうかと考えていた。スティーブが、ソファで少し横になれと言った。僕はおなかにノートパソコンを載せたまま横になり、スライドをさらに六〇枚カットした。

三時半には、すでに聴衆が並びはじめていた。

四時に僕はソファから起き上がり、講義で使う道具を集めて講堂まで歩いていった。

あと一時間足らずで始まる。

現実から目をそらさずに

ジェイはすでに講堂にいた。四〇〇人が座れる講堂は予想外の満員だった。僕がひょいとステージに上がり、演壇の確認をして準備をしているあいだ、彼女には僕の緊張ぶりが見えていた。

あわただしく資料を整理している僕は、ほとんどだれとも目を合わせようとしなかった。友人や昔の教え子がいることはわかっているから、聴衆を見る勇気がないのだろうと、ジェイは気がついていた。実際、彼らと目が合ったら感極まっていただろう。

僕が準備をしているあいだ、聴衆はざわついていた。膵臓癌で死にかけている男はどんなふうかと見に来た人は、疑問に感じたはずだ。あの髪の毛は本物なのか？（本物だ。化学療法のあいだも髪は抜けなかった）。講義を聴きながら、僕がどのくらい死に近づいているのかを感じることができるだろうか？（お楽しみに、と言うしか

ない)

数分前になっても、僕は壇上でスライドを削除していた。開始の合図が聞こえたときも、まだ作業をしていた。「始めましょう」と、だれかが言った。

僕はスーツを着ていなかった。ネクタイも締めていなかった。教授らしいツイードのジャケット(革の肘あてがついているやつだ)でもなかった。クロゼットから、子供のころの夢を語るためにいちばんふさわしい服を選んできた。

たしかに、一見するとファストフード店のドライブスルーの窓口で注文をとる店員のように見えただろう。でも、半袖のポロシャツに描かれたロゴは、栄誉ある勲章だ——ディズニーのテーマパークをつくるアーティストとライターとエンジニアに贈られる、ウォルト・ディズニー・イマジニアの称号なのだから。

一九九五年に、僕は半年の長期研究休暇《サバティカル》を、ディズニーのイマジニア(夢をかたちにする人)として過ごした。僕の人生のハイライトであり、子供のころからの夢が実現した瞬間だった。だからこそ、ディズニーで働いていたときにもらった、「ランディ」という楕円形の名札が着いたこのポロシャツを、最後の講義の衣装に選んだ。人生最高の経験に敬意を表し、「夢を見ることができれば、やり遂げることができる」と言ったウォルト・ディズニーに敬意を表して。

僕は聴衆に集まってくれた礼を述べて、いくつか冗談を飛ばしてから言った。

「たまたまここに迷い込んで、事情を知らない人もいるかもしれません。父は僕にいつも、部屋に象がいたら、まず象を紹介しなさいと言いました。僕のCTスキャン画像を見てわかるように、肝臓にざっと一〇個の腫瘍があります。医者には、健康に過ごせる時間はあと三カ月から半年だと言われました。それが一カ月前。計算はできますね」

僕は、自分の肝臓の巨大なCTスキャン画像をスクリーンに映した。タイトルは「部屋にいる象」。無視しようのない明らかな問題が目の前にあると、人は見て見ぬふりをしようとする。小さな部屋に象と一緒にいても、象に気がつかないふりをするのだ。僕は赤い矢印で腫瘍を一つひとつ指していった。

聴衆は矢印を追って腫瘍を数えた。「ご覧のとおりです。これを変えることはできません。あとはどのように反応するか、決めるだけです」

配られたカードを変えることはできない。変えられるのは、そのカードでどのようにプレーするかだけだ。

その瞬間、僕は自分が昔のランディに戻ったと強く感じていた。アドレナリンと、満員の聴衆を前にした興奮で確実に力がわいてきた。実際、僕はかなり健康に見えたはずだ。僕が死にかけているという事実をにわかには信じられない人もいたかもしれない。

「僕が本当ならもっと落ちこんでいたり、不機嫌そうに見えるはずだと思うなら、がっかりさせて申し訳ない」。客席の笑い声のあとに僕はつづけた。

「現実から目を背けているのでは決してありません。何が起こっているか、わかっていないのでもない。

僕の家族は、三人の子供と妻は、住まいを引き払ったところです。バージニア州に素敵な家を買いました。家族が今後、暮らしていくために、よりふさわしい場所だからです」

ジェイと僕は、家族をこれまでの生活から引き離そうと決めた。僕は彼女に、大好きな家を捨てて、彼女を気にかけてくれる友人たちから離れる決断をしてもらった。子供たちのこともピッツバーグの遊び仲間から引き離した。これまでの生活の荷造りをして、自ら嵐のなかに身を投じたのだ。ピッツバーグに引きこもり、人生の最後の瞬間をただ待つこともできた。でも、僕がいなくなったあとにジェイと子供たちは、彼らを愛して支えてくれるジェイの家族がいる土地で暮らす必要がある。僕たちはそう思って引っ越しを決めた。

僕は同時に、自分が元気に見えて、気分もいいことを聴衆に知ってもらいたかった。体を衰弱させる化学療法と放射線治療が終わったあとで、体力も回復しはじめていた。そのころは症状緩和のための化学療法を受けていて、はるかに耐えやすかった。

「いまは驚くほど体調がいいのです。つまり、みなさんにとって見ているものと事実との最大のギャップは、目の前にいる僕が本当に元気だということです。実際、この講堂のなかでいちばん元気なのは僕かもしれない」

僕はステージの中央に移動した。数時間前は、これからしようとしていることをする体力があるか自信がなかった。でもいまは、勇気と元気を感じていた。僕は床に手をつき、腕立て伏せを始めた。

笑い声と驚きの拍手につつまれながら、そこにいる全員が不安を吐きだす音が聞こえるような気がした。ここにいるのは死にかけている男ではない。僕自身だ。

さあ、講義を始めよう。

第2章

僕はこうして夢をかなえてきた

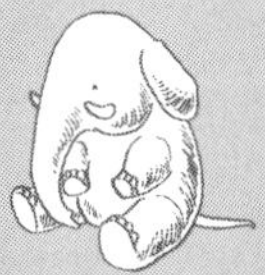

僕 の 子 供 の こ ろ の 夢

- 無重力を体験する
- NFLでプレーする
- ワールドブック百科事典を執筆する
- カーク船長になる
- ぬいぐるみを勝ちとる
- ディズニーのイマジニアになる

夢をかなえる道のりに
障害が立ちはだかったとき、
僕はいつも自分にこう言い聞かせてきた。

レンガの壁がそこにあるのには、理由がある。
僕の行く手を阻むためにあるのではない。
その壁の向こうにある「何か」を
自分がどれほど真剣に望んでいるか、
証明するチャンスを与えているのだ。

親の宝くじ

僕は「親の宝くじ」に当たった。

僕は当たりくじを握りしめて生まれてきた。それが、子供のころの夢を実現できた大きな理由だ。

母は厳しく保守的な英語教師で、チタンのような神経の持ち主だ。彼女が教え子に期待しすぎだと批判する親たちにも、負けなかった。母の息子として、その期待の高さについてはいくつか経験がある。それは僕に幸運をもたらした。

父は衛生兵として第二次世界大戦を戦い、バルジの戦いを経験した。その後、非営利団体を立ち上げ、移民の子供の英語学習を支援してきた。生計を立てるために、ボルティモアの貧困地区で自動車保険を販売する小さな会社を経営していた。顧客のほとんどは貧しくて、信用履歴に問題があるか、資金がほとんどなかった。父は彼らが保険に入る方法をひねりだした。数えきれないほどの理由で、父は僕のヒーローだ。

僕はメリーランド州コロンビアの中流家庭で、のんびりと育った。お金のことが、わが家で問題になったことは一度もない。両親はお金をそれほど必要としなかったからだ。両親は度が過ぎるくらいの倹約家だった。外食はめったにしなかった。映画に行くのは年に一回か二回だったと思う。「テレビを観なさい、タダなんだから」と、僕たちはよく言われたものだ。「それより図書館に行きなさい」

現代の基準で考えると、かなり厳しい家庭だっただろう。でも、本当に素敵な子供時代だった。僕は人生ですばらしい手助けをしてもらったと思っている。たくさんのことをきちんと理解している母と父に育てられたのだ。

わが家では物をあまり買わなかった。でも、あらゆることをじっくり考えた。時事問題や歴史、そして僕たちの生活に関する父の好奇心は、家族じゅうに伝染した。大きくなるまで、僕は世の中には二種類の家族がいると思っていた。

1　辞書がないと夕食が終わらない家族

2　夕食に辞書は必要ない家族

わが家は一番目だった。ほとんど毎晩、話していると最後は辞書を引くことになった。辞書は食卓から六歩の本棚にあった。「わからないことがあれば自分で答えを見つける」が、わが家のモットーだった。面倒くさがって、座ったままあれこれ考えることはありえなかった。僕たちはもっといい方法を知っていた。百科事典を開け。辞書を開け。心を開け。

父は物語を語り聞かせるのがとてもうまかった。いつも、物語を語るときには必ず理由があるのだと言っていた。父が好きなのは、道徳的な教訓に変わるユーモアのある話だ。そのたぐいの話の達人でもあった。

僕は父のテクニックを受け継いだ。だからインターネットで最後の講義の映像を見た姉のタミーは、動いているのは僕の口だけれど、まるで父がしゃべっているみたいだったと言った。それを聞いて、僕はすぐには否定しなかった。実際、壇上でときどき、いまは亡き父の魂と交信しているような気がしていた。

僕は毎日のように、父を引き合いに出して話をする。自分の知恵を伝えようとすると、相手は聞き流すことが多い。でも第三者の知恵を伝えるときは、傲慢さが薄れ、受け入れてもらいやすくなる。もちろん、僕の父のような「知恵袋」をもっていたら、機会があるたびに父の話を披露したくなるはずだ。父は何でも知っていた。

父は、どんなふうに人生を生きていくかについて助言をくれた。たとえば、「決断しなければいけないときまで、決断はするな」。仕事でも人間関係でも強い立場に立ったときは、公平にふるまわなければならないとも教えられた。「運転席に座っているからといって、人を轢いて突っ走る必要はない」

母もたくさんのことを知っていた。僕が幼いころからずっと、僕がうぬぼれていないかを確認することが自分の仕事だと、母は思っていた。いまはそのことにとても感謝している。最近でも、僕はどんな子供だったかと訊かれると、母は「機敏で、かなり早熟だった」と答えている。いまはどんな親も子供を天才だとほめる時代だ。僕の母にとっては、「機敏な子供」は十分にほめ言葉にちがいない。

博士課程のときに「理論選考」と呼ばれる試験を受けた。僕の人生で、癌の化学療法につづいて二番目に最悪だったと断言できる。僕は母に、試験がどんなにむずかしくて大変かと愚痴をこぼした。母は僕の腕を軽くたたいて言った。「あなたの気持ちはよくわかるわ。でもね、覚えておきなさい。お父さんはいまのあなたの歳のころ、ドイツ軍と戦っていたのよ」

博士課程を修了したのち、母はこんなふうに僕を紹介した——「これが私の息子です。博士《ドクター》ですが、人を助ける医者《ドクター》ではありません」

両親は、人を助けることがどういうことか、よくわかっていた。彼らはありきたり

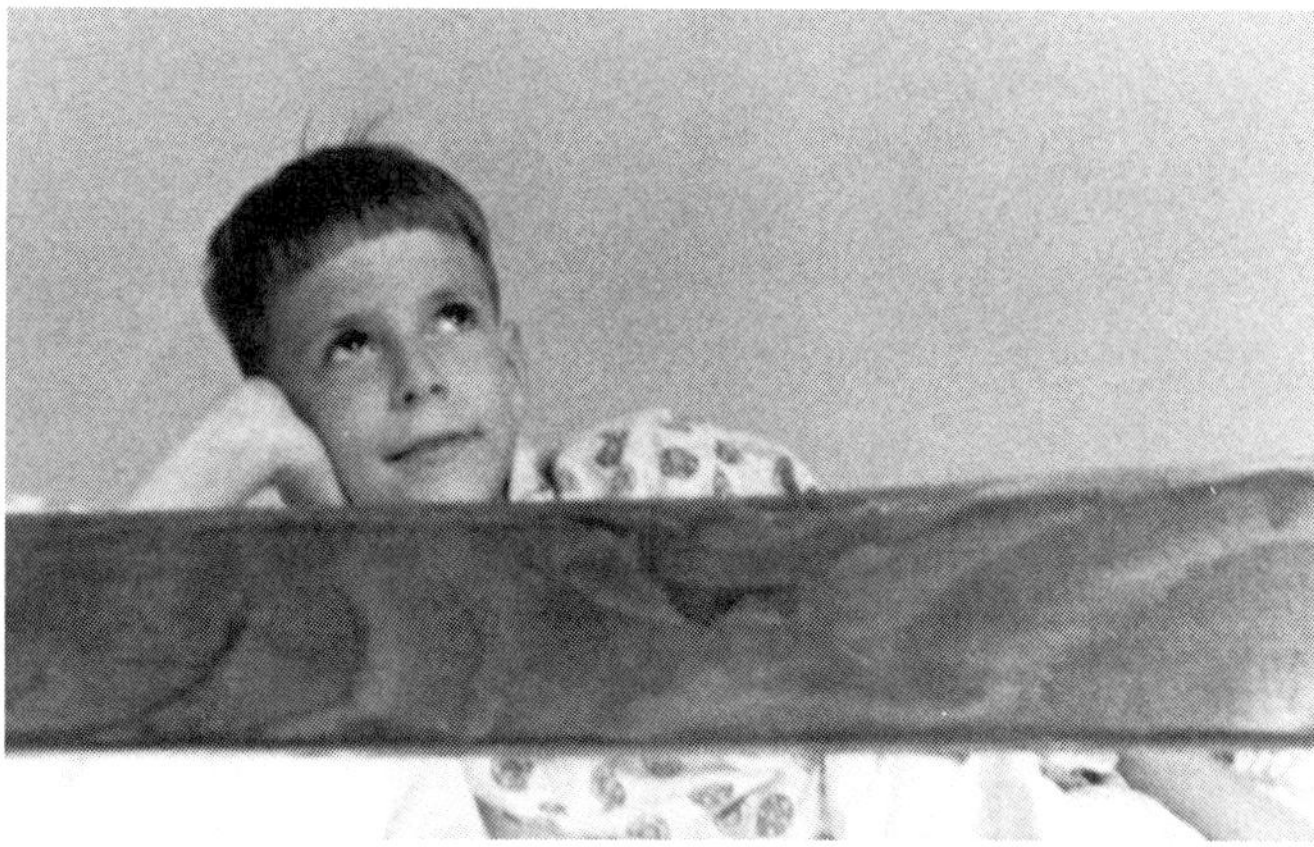

ではない大きなプロジェクトを見つけては、それに没頭してきた。たとえば、タイの田舎に五五の学生寮を建設する資金を提供した。女の子が学校に通いつづけ、売春をしなくてもいいように支援するための寮だ。

母の慈善の精神は最高級だ。父はいつも喜んですべてを差しだし、家族が暮らしたかった郊外の住宅街ではなく、粗末な生活を選んだ。その意味で、父は僕の知るかぎりだれよりも「キリスト教徒らしい」人だった。ただし母と違って、父は組織化された宗教を安易に受け入れなかった（僕たちはプロテスタントの長老派教会に通っていた）。父は最大の理想に燃え、社会の平等が最高のゴールだと考えていた。社会に高い期待を抱き、その期待は何回も打ち砕かれたのだが、怒れる楽観主義者でありつづけた。

父は八三歳のとき白血病と診断された。長くは生きられないと知った父は、死後は医学のために献体する手続きをとり、タイへの支援を少なくとも六年間、つづけられる資金を寄付した。


僕の最後の講義を聴いた人は、スクリーンに映した一枚の写真を覚えているだろう。パジャマを着た僕が頬杖をついている。いかにも大きな夢を見るのが大好きな子供の姿だ。

僕の前にある横木は二段ベッドの枠で、かなり腕のいい木工職人でもあった父がつくってくれた。幼い僕の笑顔、ベッドの枠、夢を見ている視線。この写真を見ると、自分が「親の宝くじ」に当たったのだとあらためて思う。

僕の子供たちには、人生を輝かしく導いてくれる愛情に満ちた母親がいる。でも父親はいなくなる。僕はその事実を受け入れているけれど、やはり心が痛む。

僕が人生最後の数カ月をこんなふうに過ごしていることに、父も賛成してくれただろうと信じたい。ジェイのためにあらゆることをして、できるだけ多くの時間を子供たちと過ごしなさい——僕はいまそうしている——と、父なら言っただろう。僕たち家族がバージニアに引っ越した理由もわかってくれただろう。

もうひとつ、父が教えてくれたと思うことがある。子供は何よりも、自分が親に愛されていることを知っていなくてはならない。そして、たとえ親が生きていなくても、子供はそれを知ることができる。

平屋のエレベーター

僕の想像力は、いつも抑えきれずにあふれだしそうだった。高校生のなかごろ、自分の頭のなかに渦巻く考えを部屋の壁にぶちまけたい衝動に駆られた。

「部屋の壁に絵を描きたい」と、僕は両親に頼んだ。

「どんなふうに？」

「僕にとって大切なこと。僕がクールだと思うこと。見ていてよ」

父にはその説明で十分だった。そこが父のすばらしいところだ。父は、熱中の火花が花火になって爆発するのを喜んで見守る人だった。僕を理解して、普通ではないやり方で自分を表現したいという思いを理解してくれた。

母は型破りな行動をあまり評価しないが、僕が夢中になっている様子を見て折れた。こういうときは父の意見が通ることもわかっていた。

姉のタミーと友人のジャック・シェリフに手伝ってもらい、二日がかりで寝室の壁に絵を描いた。父はリビングで新聞を読みながら、辛抱強く除幕式を待った。母は心配そうに廊下をうろうろして、こっそり部屋をのぞこうとしたが、僕たちは入り口にバリケードを築いていた。映画なら「非公開のセット」というやつだ。

僕たちは何を描いたのか？

まず、二次方程式の解の公式。二次方程式で最強の未知数は二乗だ。変わり者の二乗は祝福に値する。僕はドアのすぐ横にこう描いた。

$$\frac{-b\pm\sqrt{b^2-4ac}}{2a}$$

ジャックと僕は、銀色の大きなエレベーターのドアを描いた。左側に「上」「下」のボタン、上には一階から六階までの数字。「３」を明るく塗った。わが家は一階しかなかったのだが、いまになって思うと、どうして八〇階か九〇階にしなかったのだろう。大きな夢を見る男なら、どうして僕のエレベーターは三階で止まっていたのか。それが人生において、野心と実用主義のバランスをとるということなのかもしれない。

天井には、ジャックと一緒に「屋根裏に閉じ込められた！」と書いた。屋根裏から

SOSを殴り書きしたみたいに、字を裏返しにした。

三人のなかで唯一、絵の才能があるタミーと、パンドラの箱を描いた。ギリシャ神話に登場するパンドラという女性は、世の中のあらゆる悪を封じこめた箱を神々から与えられる。決して開けてはいけないと言われていたその箱を、彼女は開けてしまう。蓋が開き、さまざまな悪が世界に散らばった。そして箱の底にひとつだけ残ったのは――「希望」だった。僕たちのパンドラの箱のなかにも「希望」と書いた。

当時は一九七〇年代後半で、僕はドアの上に「ディスコ、くそったれ！」と書いた。ある日、母は僕がいないときに、「くそったれ」という字の上からペンキを塗った。それが母による唯一の校正だった。

僕が家を出て二〇年以上が過ぎても、母は壁を塗り直さなかった。やがて、人に家を案内するときは、僕の部屋がハイライトになった。みんながすばらしいと思い、それを許した母もすばらしいと思われていた。

あなたの子供が自分の部屋の壁を塗りたいと言いだしたら、僕に免じて、やらせてあげてほしい。きっとうまくいく。家を売るときの査定は忘れよう。

僕があと何回実家に帰ることができるかは、わからない。でも、いまでも帰るたびに父がつくったベッドに寝て、あのクレイジーな壁を眺めながら、両親が壁に絵を描

かせてくれたことを思いだし、自分は幸運だと満足しながら眠りに落ちる。

重力ゼロの世界へ

夢は具体的に思い描くことが肝心だ。

僕が小学生のころ、宇宙飛行士になりたい子供はたくさんいた。僕はかなり幼いうちから、自分がＮＡＳＡ（米航空宇宙局）に歓迎されないだろうとわかっていた。メガネをかけていては宇宙飛行士になれないと聞いていたからだ。でも、別にかまわなかった。宇宙飛行士をめぐる騒ぎには興味はなく、僕はただ、宙に浮かんでみたかった。

やがて、宇宙飛行士が無重力状態に慣れるための航空機がＮＡＳＡにあることを知った。通称「嘔吐惑星」。名前はどうあれ、画期的な装置だ。放物線上の経路をたどり、いちばん高いところで二五秒間、機内はほぼ無重力に等しい状態になる。急降下するときはジェットコースターに乗っているような感覚だが、体がふわりと浮き上がってあたりを漂う。

大学生がこの航空機で実験を行うプログラムがあると知ったとき、僕の夢が実現する可能性が出てきた。二〇〇一年にカーネギーメロン大学の僕の研究チームは、バーチャルリアリティを使った実験計画をＮＡＳＡに応募した。

地球上で暮らすかぎり、重さを感じないことは研究がむずかしい感覚だ。無重力状態では、平衡感覚をコントロールする内耳が、耳から脳に伝わる指示と完全には同調しなくなる。よくある影響は吐き気だ。この無重力状態で、地上からの指示に従ってバーチャルリアリティ装置のリハーサルができるだろうか。それが僕たちの計画であ

無重力の世界へ

り、めでたく採用された。僕たちはヒューストンのジョンソン宇宙センターに招待された。

たぶん、僕はどの学生よりも興奮していただろう。宙に浮かぶのだ！　しかし手続きが進むにつれて、悲しいことがわかった。NASAは、いかなる状況でも教員が学生と同乗することを認めないと、はっきり規定していたのだ。

胸が張り裂けそうだったが、僕はくじけなかった。この壁を越える方法があるはずだ。僕は書類をすみずみまで読み、ついに抜け穴を見つけた。つねに好意的な報道を求めるNASAは、学生の地元のジャーナリストに同乗を認めていた。

僕はNASAの担当者に電話をかけてファクシミリの番号を訊いた。

「何を送信するのですか？」

指導教授を辞任する手続きと、ジャーナリストとしての申込書です。「報道の一員という新しい役割で、学生に付き添います」

「ちょっと見えすいていませんか？」

「たしかに」。僕は、今回の実験についてインターネットのニュースサイトに掲載するし、映像を著名なジャーナリストにも送ると約束した。そうする自信はあったし、みんなが満足できる方法だった。担当者はファクシミリの番号を教えてくれた。

ここで教訓をひとつ。とにかくものごとを交渉の場にもちだすこと。そうすれば受け入れてもらいやすくなる。

無重力体験は圧巻だった。ただ、少し痛かった。魔法の二五秒間が終わって機内の重力が元に戻るときは、体重が二倍に感じる。床に思いきりたたきつけられるときもあるのだ。「足を下にして！」と、何回も注意された。だれだって頭から床に激突したくはない。

こうして僕は無重力を体験した。宙に浮くことを人生の目標のひとつと決めてから、四〇年近くたっていた。入り口を見つけることができれば、ふわりと浮かんでくぐり抜ける道が、きっと見つかる。

グレアム監督が教えてくれた「頭のフェイント」

僕はフットボールが大好きだ。タックルフットボールだ。九歳のときに始めて、フットボールが僕を成長させた。いまの僕があるのはフットボールのおかげでもある。NFL（全米プロフットボール・リーグ）でプレーすることはかなわなかったけれど、その夢を追いかけたことを通して、そして実現できなかったことを通して、実現したさまざまな夢より多くのことを学んだと思うときがある。

フットボールとの恋の始まりは、父に蹴飛ばされて怒鳴られながら、チームに連れて行かれたことだった。僕はちっともやりたくなかった。生まれつき泣き虫だし、当時は友だちのなかでいちばん小柄だった。

監督のジム・グレアムに会って、不安は恐怖に変わった。身長一メートル九五センチ、がっしりとした壁のような大男で、ペンシルベニア州立大学の元ラインバッカーだった。

練習初日、僕たちは怯えきっていた。しかも、グレアム監督はボールを一個も用意していなかった。ようやく仲間の一人が口を開いた。「すみません、監督。フットボールがありません」

グレアム監督が言った。「ボールは必要ない」

沈黙が流れ、僕たちはその意味を考えていた。

「フットボールのフィールドには一度に何人いる？」

一チーム一一人。だから二二人。

「では、どんな瞬間でも、そのときボールに触れている人数は？」

一人。

「そうだ！　だから、ほかの二一人がやるべきことを練習する」

基本を学ぶ。これはグレアム監督からのすばらしい贈り物となった。基本、基本、基本。大学教授として、僕はあまりに多くの学生が、基本をおろそかにして不利益をこうむる姿を見てきた。まず基本を身につけること。それからでなければ、すばらしい才能も通用しないだろう。

グレアム監督は僕をことさらにしごいた。ある日の練習でも、僕は監督の言うとおりにしようとがんばった。「まったくでたらめじゃないか、パウシュ。戻れ！　やり直し！」「練習のあとに腕立て伏せだ」

ようやく帰らせてもらえることになったとき、コーチが来て僕をなぐさめた。「グレアム監督はきみにとくに厳しいだろう？」

僕は、「うん」とつぶやくだけで精一杯だった。

「でも、それはいいことだ。きみが失敗しても、だれも何も言わなくなったら、きみのことはあきらめたという意味なんだよ」

この教訓を僕はずっと心に刻みつけてきた。何かひどいことをしたのに、だれもあえて何も言おうとしないなら、事態は深刻だ。自分に対する批判は聞きたくないかもしれないが、批判する人はたいていの場合、あなたを愛していて気にかけているからこそ、よくなってほしいと語りかけるのだ。

最近は、子供に自尊心を与えることがあちこちで話題になっている。ただし、自尊心は与えるものではない。自分で築くものだ。グレアム監督のやり方に、甘やかすことはありえなかった。グレアムは子供の自尊心を育てるためにいちばんいい方法を知っていた。できないことをやらせて、できるまで必死にやらせること、それをくり返させることだ。

グレアム監督に預けられたとき、僕は弱虫で、スキルも筋力も体力もなかった。でも監督は、一生懸命にやれば、今日できなかったことも明日はできるのだと気づかせてくれた。四七歳になったばかりのいまも、僕のスリーポイントスタンスを見れば、NFLのすべてのラインマンが賞賛してくれるだろう。

ある試合で、僕たちのチームはさんざんだった。ハーフタイムに水を飲もうと駆け寄った僕たちは、あやうくバケツをひっくり返しそうになった。そのときグレアム監督の怒りが爆発した。「ばかやろう！　試合が始まってから、そんなに元気な走りは一度も見なかったぞ！」。一一歳の僕たちはその場に立ちつくした。一人ずつ前に出させられ、素手でビンタを張られるのだろう。「水か？」と、監督がほえた。「おまえたち、水が飲みたいのか？」。監督はバケツをもちあげ、水をそっくりグラウンドに空けた。

監督は向こうに歩いていった。コーチに小声で指示しているのが聞こえた。「ディフェンスのレギュラーには水を飲ませていいぞ。よくやったから」

断っておくが、監督が子供の体を危険にさらしたことは一度もなかった。体力づくりをかなり重視していた理由のひとつは、そうすれば怪我が減ると知っていたからだ。あの試合の日は寒く、バケツに殺到した僕たちは、水を必要としているアスリートというより悪がきの集団だった。

そうだとしても、あんなことがいまの時代に起こったら、グラウンドの横で見ている親たちは携帯電話をとりだしてリーグの責任者を呼び、たぶん弁護士にも連絡するだろう。

最近は、多くの子供がかなり甘やかされていて悲しくなる。あのハーフタイムのとき、僕はたしかに喉が渇いていた。でも、それ以上に屈辱を感じていた。僕たちはそろってグレアム監督をがっかりさせ、監督はそのことを、僕たちが決して忘れない方法で教えたのだ。彼は正しかった。僕たちは、あのひどい試合以上のエネルギーを、水の入ったバケツに向けて発揮していたのだから。厳しくしかられた僕たちは、セカンドハーフで全力を出した。

グレアム監督とはティーンエイジャーのころ以来、会っていない。でも、いまでも僕があきらめそうになったときは、いつでも監督が心のなかに現れて、一生懸命やれと尻をたたく。監督は生涯、まわりつづけるフィードバック・ループ（出力の一部が入力側に戻る回路）を与えてくれた。

子供にチームスポーツをやらせるときは（フットボールでも、サッカーでも）ほとんどの場合、そのスポーツの複雑さを学んでほしいからではない。

本当に学んでほしいのは、それよりはるかに大切なことだ。チームワーク、忍耐力、スポーツマンシップ、一生懸命にやることの価値、逆境に立ち向かう能力。このように何かを間接的に学ぶことを、僕は「頭のフェイント」と呼んでいる。

「頭のフェイント」には二つの意味がある。ひとつは文字どおり、頭を動かしてフェイントをかけること。フットボールでは頭をある方向に動かし、そちらに移動すると敵に思わせておいて、逆方向に動く。グレアム監督はいつも、相手の腰を見ろと言っていた。「へそが向いているほうに体は動く」

大切なのは、もうひとつの「頭のフェイント」だ。学んでいるときは理解できないが、あとになってわかることを教えること。それが「頭のフェイント」だ。「頭のフェイント」の達人は、本当に教えたいことを、相手が気がつかないうちに教えている。

このような学習は本当に重要だ。そして、グレアム監督は「頭のフェイント」の達人だった。

「V」のところに僕がいる

僕はコンピュータ時代に生きている。この時代が大好きだ！　愛しのピクセル、マルチスクリーンのワークステーション、情報ハイウェイ。ペーパーレスの世界の光景がありありと目に浮かぶ。

一九六〇年に僕が生まれたころ、紙は偉大な知識が記録される場所だった。わが家では六〇年代と七〇年代を通じて、『ワールドブック百科事典』を崇拝していた。すべての巻を読破しようと挑戦したこともある。あらゆる情報が詰まっていることに僕は感動していた。ツチブタのページはだれが書いたのだろう。ワールドブックの編集者に呼ばれて、「きみはツチブタについてだれよりもよく知っている。その項目を書いてくれないか？」と頼まれたら、どんな気分になるのだろう。ズールー族の項目を書けるほどの専門家だと認められたのは、どんな人だろうか。

僕の両親は倹約家だった。多くのアメリカ人と違って、他人をうならせるために何かを買ったりせず、自分たちのための贅沢は何もしなかった。ただ、ワールドブックだけには、当時としてはかなりの金額をはたいた。僕と姉に知識という贈り物をくれたのだ。付録の年鑑もとり寄せていた。一九七〇年、一九七一年、一九七二年、一九七三年と表紙に書かれた冊子が毎年一冊届き、その年に飛躍した科学知識や時事問題などが解説されていた。僕はいつも待ちきれなかった。付録には項目名のステッカーがついていて、オリジナル版のアルファベット順のどこに入れるかの指定があった。ステッカーをオリジナル版の正しいページに貼るのは僕の仕事で、重大な責任を感じていた。将来、この百科事典を開く人のために、歴史と科学の知識を年代順に学ぶ手助けをしていたのだ。

ワールドブックをこよなく愛していた僕にとって、子供のころの夢のひとつは、その執筆者になることだった。ただし、シカゴにある編集部を訪ねて自分で売りこんだりはしない。ワールドブックのほうが僕を探しに来なくてはいけないのだ。

いまから二、三年前、なんと、ついにお呼びがかかった。

その当時の僕のキャリアを考えると、ワールドブックが執筆を依頼するような専門家に、僕はまさになっていた。僕のことを、世界で有数のバーチャルリアリティの専門家だと思ったわけではない。そういう人たちは忙しすぎて近寄りがたい。ところが僕は、ちょうど中くらいのレベルにいた。専門家として十分に通用するが、彼らの依頼を断るほど有名ではないというわけだ。

「バーチャルリアリティについて、新しい項目を書いていただけますか?」

その言葉をずっと待ちつづけていたのだと、打ち明けることはできなかった。「はい、もちろん!」としか言えなかった。僕は原稿を執筆し、教え子のケイトリン・ケルハーがバーチャルリアリティのヘッドセットをかぶっている写真を添えた。

編集者からは、内容についていっさい質問はなかった。それがワールドブックの流儀なのだろう。彼らは専門家を選び、その専門家が与えられた特権をむだにしないと信用している。

ワールドブックの最新版は買っていない。執筆者に選ばれた僕だが、いまではインターネットのウィキペディアが最高の情報源だと思っている。紙の百科事典の質の管理については、十分にわかっているからだ。それでも子供たちと図書館に行くと、「V」の項目を開いて見せずにはいられないときがある(あなたも「バーチャルリアリティ」の項目を確かめてほしい)。おまえたちのパパが書いたんだよ。

リーダーシップという名のスキル

一九六〇年にアメリカで生まれた数えきれないほどのオタクと同じように、僕は幼いころジェームズ・T・カーク船長になりたかった。『スター・トレック』の宇宙船エンタープライズ号の船長だ。パウシュ船長になりたかったのではない。カーク船長本人になりたかったのだ。

野心あふれる科学好きの少年にとって、『スター・トレック』のジェームズ・T・カーク以上にすばらしいお手本はいなかった。エンタープライズ号を指揮するカーク船長を見習えば、よい教師に、よい仕事仲間に——よい夫にだって——なれると真剣に信じていた。

テレビを観ていてわかるように、カーク船長はいちばん賢い男ではない。腹心の部下のミスター・スポックは、つねに論理的で知性がある。ドクター・マッコイは二二六〇年代の人類に有効なあらゆる医学知識をもっている。スコッティ機関長は宇宙船を操縦する技術的なノウハウを知っていて、異星人に攻撃されたときも船を守る。

では、カークのスキルは何か。なぜ彼はエンタープライズ号に乗ることになり、船長になったのか。

答えは――「リーダーシップ」と呼ばれるスキルだ。

僕はカークのふるまいから、とてもたくさんのことを学んだ。彼は、力強い管理者の要素を凝縮させた男だ。代表として前に立つすべを知っていて、周囲を鼓舞する情熱があり、仕事着を着ると凛々《りり》しく見える。自分が部下より優れたスキルをもっているふりは決してしない。部下はそれぞれの持ち場をわかっていることを、認めている。

一方でカークはビジョンを築き、雰囲気をつくりあげる。士気を高めるのは彼の役目だ。そして何よりも、訪れるすべての銀河で女性を口説き落とす恋愛の才能があった。メガネをかけた一〇歳の僕には、カークが画面に登場するたびに古代ギリシャの神に見えた。

数年前、ピッツバーグのチップ・ウォルターという作家から連絡が来た。彼は、カーク船長こと俳優のウィリアム・シャトナーと、『スター・トレック』が架空の世界で描いた科学の飛躍的な発明が、今日のテクノロジーの進歩の前触れとなったことについて共著を執筆していた。ついてはカーク船長が、カーネギーメロン大学にある僕のバーチャルリアリティの研究室を見たいというのだ。

僕の子供のころの夢は、カーク船長に「なる」ことだった。その夢が、シャトナーが研究室に来るというかたちで実現した。憧れのアイドルに会える！　しかもそのアイドルが、自分が研究室でやっているクールなことを見に訪ねてくるというのだから、信じられないくらいクールだ。学生たちと僕は休みなしに働いて、エンタープライズ号のブリッジを真似たバーチャルリアリティの世界を設計した。

カーク船長

シャトナーが到着すると、ばかでかい「ヘッドマウンテッド（頭部装着）ディスプレイ」をかぶらせた。内側にスクリーンがあり、頭を回転させると懐かしい宇宙船の映像が三六〇度、広がる。「すごいぞ、ターボリフトのドアまである」。僕たちはサプライズも用意していた。赤い警告灯だ。カークは赤い光を見逃さずに大声でほえた。

「攻撃されるぞ！」

シャトナーは研究室に三時間滞在して、山ほど質問した。ある同僚があとで言った。「ひたすら質問していたね。よくわからなかったみたいだな」

でも、僕はとても感動していた。カークは、つまりシャトナーは、自分が何を知らないかをわかっていて、知らないことを率直に認め、理解できるまであきらめようとしない。そういう人の究極の手本だ。僕に言わせれば、勇者にふさわしいふるまいだ。すべての大学院生にこの姿勢をもってほしい。

膵臓癌で五年間、生きられる確率はわずか四％だと告げられたとき、僕は映画『スター・トレックII カーンの逆襲』のある場面を思いだした。スターフリートの訓練生がシミュレーション演習を行うが、どうやっても乗組員は全員、死ぬというシナリオが用意されていた。でも、カークはプログラミングを修正した。「勝ち目のないシナリオがあるはずはない」と思ったからだ。

昔から、教養のある学問仲間には、『スター・トレック』に夢中の僕を軽蔑する人もいる。でも、『スター・トレック』が僕の役に立たなかったことは一度もない。

僕の病気について知ったシャトナーは、カーク船長の写真を送ってくれた。そこにはこうサインしてあった。「勝ち目のないシナリオがあるはずはない」

大きなぬいぐるみ

幼いころの夢のひとつは、遊園地やカーニバルでいちばんクールな人になることだった。いちばんクールな人は、いちばん大きなぬいぐるみをもって歩いている人だ。子供の僕は、巨大なぬいぐるみで顔も体もほとんど隠れている人を、遠くからでも見つけた。肌のつやつやした美少年も、ぬいぐるみに両腕がまわりきらない真面目そうな子も、いちばん大きなぬいぐるみをかかえていれば、そのカーニバルでいちばんクールだった。

父も観覧車に乗るときは、手に入れたばかりの大きなクマかサルを膝に載せていないと、裸で座っている気がした。競争心旺盛なわが家は、ゲームコーナーでは真剣勝負だった。だれがいちばん大きなぬいぐるみを獲得できるか、競争だ。

大きなぬいぐるみをかかえて、カーニバルを歩きまわったことがあるだろうか。みんながあなたをうらやましそうに見ているという経験は？　女性を口説くのに、ぬいぐるみを使ったことは？（僕はそうやって結婚した！）

大きなぬいぐるみは、僕の人生で幼いころから大切な役割を演じてきた。僕が三歳、姉が五歳のときだった。僕たちはおもちゃ売り場にいて、父から、二人で仲良く使うと約束できるなら何かひとつ買ってやろうと言われた。僕たちはあちこちを探し、最後にいちばん上の棚を見た。そこには大きなウサギのぬいぐるみがあった。

「あれにする！」と、姉が言った。

たぶん、売り場でいちばん値段が高かった。でも父は約束を守る人だ。賢い投資だ

遊園地ではいつも
大きなぬいぐるみが一緒だった

とも思ったのだろう。大きなぬいぐるみは何かしら使い道があるものだ。

いまの僕には、これらの戦利品はもう必要ない。妻は、恋愛中に僕が彼女のオフィスにもっていったクマのぬいぐるみが大好きだし、三人の子供も気に入っているが、新しい家にぬいぐるみ軍団が散らかることを妻は望んでいなかった(おまけに、ぬいぐるみから出た発泡スチロールのビーズがクロエの口に入りそうになる)。

このままぬいぐるみを置いていたら、いつかジェイが不用品の引き取りサービスを呼ばなくてはいけないだろう。あるいは……僕がいなくなったあとに彼女が処分しづらくなったら大変だ。そこで僕は決心した。友人にあげてしまおう。

最後の講義で、壇上にぬいぐるみを並べて言った。「講義が終わって僕の思い出がほしくなったら、クマたちをもって帰ってください。早い者勝ちです」

大きなぬいぐるみはすべて、新しい家が見つかった。数日後、ぬいぐるみのひとつをもち帰ったカーネギーメロン大学の学生が、僕と同じように癌に侵されていると知った。彼女は講義のあと、壇上に来て象を選んだ。僕は象のもつ象徴的な意味が好きだ。彼女は象を自分の部屋に置いている。

八歳のときの最大の夢がかなった瞬間

一九六九年、僕が八歳のとき、家族でディズニーランドをめざして大陸を横断した。大冒険だった。いよいよディズニーランドに着くと、僕はひたすら感動して圧倒された。どこよりもすばらしい世界だった。

ほかの子供たちと列に並びながら、ずっと同じことを考えていた。「大きくなったら、こういうものをつくりたい！」

二〇年後、カーネギーメロン大学でコンピュータサイエンスの博士号を修得した僕は、何でもできる無制限の資格を手にしたと思った。さっそくウォルト・ディズニー・イマジニアリングに履歴書を送った。すると、僕の知るかぎりもっとも優しい口調で、地獄に行けと告げられた。

「あなたの特別の能力を要する職位はありません」

ひとつもないのだろうか。道路清掃に大量の人を雇うことで知られている会社が？

ディズニーに僕のできる仕事が何もない？　掃除係も？

まずは失敗だった。でも、僕は呪文を唱えつづけた――レンガの壁がそこにあるのは、理由があるからだ。僕たちを寄せつけないためではない。この壁は、自分がどんなに真剣に望んでいるかを証明するチャンスを与えているのだ。

話を一九九五年に早送りしよう。バージニア大学の教授になっていた僕は、「一日五ドルのバーチャルリアリティ」というシステムの設計を手伝っていた。バーチャルリアリティの専門家が、どんなプロジェクトでも最低五〇万ドルは必要だと主張していた時代だった。僕は同僚と、小さな修理工場のような場所を用意して、低予算でバーチャルリアリティのシステムを書いた。コンピュータサイエンスの世界では、とてもすばらしいアイデアだと評価された。

まもなく、僕はディズニー・イマジニアリングがバーチャルリアリティのプロジェクトを進めていることを知った。まだ最高機密の情報で、魔法のじゅうたんで飛ぶアラジンのアトラクションを設計しているという。僕はディズニーに連絡をとり、自分はバーチャルリアリティの研究者で、プロジェクトについて教えてほしいと訊いた。

滑稽なほど粘り強く、次々に関門を突破して、ジョン・スノッディという男性までた

アリスのアトラクションに乗った姉と僕。「大きくなったら、こういうものをつくるんだ！」と思っていた

どりついた。彼こそ、プロジェクトを率いる優秀なイマジニアだった。ホワイトハウスに電話をかけたら大統領につながったような気分だった。

しばらく話をしたのち、僕はカリフォルニアに行く予定があると言った。会えないだろうか？（本当は、ジョンに会うことが唯一の予定だった。彼と会うためなら海王星にだって行っただろう！）。そして一緒にランチを食べようということになった。

ジョンに会う前に、僕は八〇時間をかけて「予習」をした。知り合いのバーチャルリアリティの専門家で、今回のディズニーのプロジェクトについて相談や質問をできそうな優秀な人にかたっぱしから話を聞いた。おかげでようやくジョンと会ったときには、僕がしっかり準備ができていることに彼も感心していた（賢そうに見せるのは簡単なのだ）。そしてランチの最後に僕は「お願い」をした。

「もうすぐサバティカルがあるんです」

「……サバティカルって何？」。僕が直面することになる学問とエンターテインメントの文化の衝突の、最初の兆候だった。

長期研究休暇《サバティカル》について説明すると、ジョンは、僕がその研究期間を彼のチームで過ごすことはすばらしいだろうと考えた。条件は、プロジェクトで半年働いて、それに関する論文を執筆すること。僕はわくわくした。イマジニアリングが僕のような学者を極秘プロジェクトに参加させるのは、ほとんど前例がなかった。

ただし、ひとつだけ問題があった。この風変わりなサバティカルをとる許可を、上司にもらわなくてはいけなかった。

ディズニーの物語には必ず悪役が登場する。僕の悪役は、バージニア大学のある学部長だった。この「ワルモノ学部長」は、本来は大学に帰属するべき「知的財産」を、ディズニーが僕の脳味噌からそっくり吸いとってしまうのではないかと心配した。

「この計画はそもそも名案でしょうか？」と僕が訊くと、ワルモノ学部長は言った。「わからない」。もっとも手ごわい壁は、人間の肉体でできているときもあるのだ。

説得する手がかりさえなかったので、企業などからの委託研究をとりまとめる学部長に相談した。「名案だと思いますか？」と訊くと、彼は言った。

「私には答えるだけの情報がない。でも、私のオフィスにいる優秀な教員の一人がとても関心をもっていた。もう少し説明してくれ」

ここに管理職への教訓がある。二人の学部長は、このサバティカルが名案かどうか自分にはわからないと、同じことを言った。ただし、人によって言い方はこれほど違うのだ！

ついに僕のサバティカルは承認された。途方もない夢が現実になったのだ。カリフォルニアに到着した僕は、コンバーチブルに飛び乗り、イマジニアリングの本部まで車を走らせた。暑い夏の夜だった。カーステレオから、ディズニーの『ライオン・キング』のサウンドトラックが大音響で流れていた。建物の前を通り過ぎるとき、涙が頬をつたった。ディズニーランドで目を丸くしていた八歳の僕が、大人になってここにいる。ようやくたどり着いたのだ。僕はイマジニアになった。

第3章

僕を導いてくれた人たち

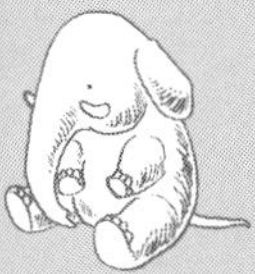

二〇〇七年八月一五日、僕は癌が転移したことを知った。
それでもこうして前を向いていようと思えるのは、
これまでの人生で出会ったすばらしい人たちが、
僕を支え、導き、愛してくれたからだ。
最後の講義では話しきれなかった彼らとの思い出を、
ここに書き残しておこうと思う。

何があっても

僕の病気の旅は、二〇〇六年の夏に始まった。上腹部に原因不明の軽い痛みを感じた。黄疸も出て、医者は肝炎ではないかと言った。やがて、それは希望的観測だったことがわかる。ＣＴスキャンの結果は膵臓癌《すいぞうがん》だったのだ。グーグルでほんの数十秒、検索しただけで、それが悪い知らせであることはわかった。膵臓癌は癌のなかでもっとも死亡率が高く、患者の半分が半年以内に、九六％が五年以内に命を落としている。

僕の治療に対する取り組み方は、科学者としてさまざまなことに取り組むときと同じだ。データに関する質問を次々にして、医者を相手に自分の仮説を立てた。医者との会話は録音し、家でじっくり聴いた。意味のわかりにくい医学論文を見つければ診察に持参した。

僕は医者たちに、どんな外科手術にも耐えるし、どんな薬でも飲み下すと言った。

僕には目的があるからだ。ジェイと子供たちのために、できるだけ長く生きたかったからだ。ピッツバーグの外科医ハーブ・ゼーにはじめて会ったときも僕は言った。

「僕の目標は生きることです。あなたとは数十年のお付き合いになりますよ」

僕は、ウィップル手術の恩恵にあずかれる数少ない症例だとわかった。一九三〇年代に複雑な技術を確立した医師の名前にちなんだ手術だ。一九七〇年代はウィップル手術を受けた患者の死亡率は最大二五%だったが、二〇〇〇年までには、熟練の専門医が執刀すれば五%を下回っていた。それでも厳しい試練が待ち受けていることはわかっていた。とくに、手術後はきわめて毒性の高い化学療法と放射線治療を受けなければならなかった。

手術でゼー医師は腫瘍だけでなく、胆囊《たんのう》、膵臓の三分の一、胃の三分の一、小腸を数メートルも切除した。術後の回復が落ち着くと、ヒューストンのMDアンダーソン癌センターに二カ月入院して強力な化学療法を受け、上腹部に毎日、大量の放射線を浴びた。体重は八二キロから六二キロに減り、終わりのほうは立ち上がるのもやっとだった。年が明けて一月にピッツバーグの自宅に戻った。CTスキャンに癌の影はなく、僕は少しずつ体力を回復した。

八月にMDアンダーソンで三カ月ごとの検査を受けた。子供たちを自宅でベビーシッターに預け、ジェイと僕は飛行機でヒューストンに向かった。まるで愛の逃避行のような旅だった。検査の前日は海岸の大きな遊園地に行き――僕にとって愛の逃避行といえば遊園地なのだ――スライダーに乗って、ずっと笑いっぱなしだった。

二〇〇七年八月一五日水曜日。ジェイと僕はMDアンダーソンの腫瘍医ロバート・ウォルフのところへ、前回のCTスキャンの結果を聞きに行った。診察室に案内され、看護師がいくつかお決まりの質問をした。「体重に変化は？　薬は飲んでいますか？」。ジェイは、彼女がうれしそうにしていると感じたようだ。看護師は歌うような声で、「先生はすぐに来ますから」と明るく言ってドアを閉めた。

診察室にはパソコンがあり、電源が入ったままだった。看護師が消し忘れていったのだ。画面には僕のカルテが表示されていた。僕はコンピュータに詳しいが、このときはハッキングをするまでもなかった。僕のすべての記録が目の前にあった。「のぞいてみる？」と、僕はジェイに訊いた。ためらいは感じなかった。どのみち僕の記録だ。

何回かクリックして、血液検査の結果を見つけた。三〇項目ほどよくわからない数値が並んでいたが、僕が探しているのはひとつだけだった。CA19－9。腫瘍マーカーだ。見つけた数値は――二〇八。標準は三七以下。僕はほんの一瞬、その数字について考えてから口を開いた。

「おしまいだ。万事休す」

「どういう意味？」と、ジェイが訊いた。

僕はCA19－9の数値を伝えた。癌治療についてはジェイも独学で学んでいたから、二〇八という数値が癌の転移を意味していることはわかった。死の宣告だ。「別におかしくないでしょう。冗談はやめて」

僕は次にCTスキャンの画像を表示して、数をかぞえた。

「1、2、3、4、5、6……」

「腫瘍をかぞえているなんて言わないでよ」。ジェイの声は恐怖で震えていた。僕は自分を止められなかった。声に出してかぞえつづけた。

「7、8、9、10……」

僕にはすべてが見えた。癌は肝臓に転移していた。

ジェイはパソコンのそばに来て、自分の目ですべてをはっきり見た。そして僕の腕のなかに倒れこんだ。僕たちは二人で泣いた。そのとき、診察室にティッシュペーパーの箱がないことに気がついた。自分がもうすぐ死ぬとわかったばかりでも、僕は理性を失わないように努めずにいられなかった。「こんな部屋に、こんなときに、クリネックスの箱がないなんて。ひどすぎる。明らかな管理ミスだ」

ドアをノックする音がして、ウォルフ医師がファイルを手に入ってきた。彼はジェイを見て、僕を見て、パソコンのＣＴスキャンの映像を見て、何が起きたかを悟った。僕は先手をうった。「知っています」

その時点で、ジェイはほとんどショック状態で泣き叫んでいた。僕ももちろん悲しかったが、ウォルフ医師が癌患者の家族を相手に過酷な仕事に取り組もうとする姿に、感銘を受けてもいた。彼はジェイの隣に座り、彼女を慰めた。そして穏やかに、僕の命を救う努力は、これ以上はしないつもりだと説明した。

「私たちが挑戦するのは、ランディに残された時間を引き延ばして、最高の人生を送れるようにすることとです。この状況になったら、通常の寿命まで生きるために医学ができることは、もう何もありません」

「待って、待ってください！」。ジェイが言った。「本気でおっしゃっているの？『病気と闘いましょう』から、『闘いは終わりです』になってしまうのですか？　肝臓移植だってあるでしょう？」

だめです、とウォルフ医師は言った。転移してしまったら無理なのだ。そして、治療のためではなく、症状を緩和して数カ月の時間を稼ぐための化学療法の説明をした。終わりの時に近づきながら、僕が心安らかに人生を送れる方法を探していこう、と。

恐ろしい会話のすべてが、僕には非現実的な世界だった。もちろん衝撃を受けていたし、自分も、涙が止まらないジェイのことも、どうしていいかわからなかった。それでも「ランディ科学者モード」は確実に機能していて、事実を分析し、今後の選択肢について質問した。

同時に、ジェイに説明する医師の姿に、僕は畏敬の念を覚えていた。彼はこれまで何回も同じ経験をしているし、とてもうまくやっていたが、すべてが本当に心のこもった自然なふるまいだった。

僕は、ジェイの隣に座っている医師を観察した。自分は離れたところから見ている第三者のような気がしていた。医師は彼女の肩に手をまわした。身を乗りだし、彼女の膝に手を置いた。

腫瘍医をめざすすべての医学生は、僕と一緒にこの場面を見てほしいと思った。ウォルフ医師の言葉づかいは、つねに前向きに聞こえた。「死ぬまで、あとどれくらいですか？」と訊くと、彼は「三カ月から六カ月は健康でいられるでしょう」と答えた。

僕はディズニーワールドに遊びに行ったときのことを思いだした。従業員に「何時に閉まりますか？」と訊くと、彼らはこう答える。「午後八時まで開いていますよ」

ある意味で、奇妙な安心も感じていた。何カ月もはりつめた日々を過ごし、再発するのか、それはいつなのか、ジェイと僕はずっと知らせを待っていた。いま、こうして腫瘍軍団が勢ぞろいした。待つのは終わりだ。これからは、次に何が起こっても立ち向かうために前を向こう。

最後に医師はジェイを抱きしめ、僕の手を握った。ジェイと僕は一緒に、僕たちの新しい現実に足を踏みだした。

診察室を出るとき、僕は遊園地でスライダーに乗って興奮したままジェイに言ったことを思いだした。

「明日のスキャンの結果が悪かったとしても、生きていることはすばらしくて、今日ここにきみと一緒に生きていることはすばらしいという気持ちを、きみにも知っていてもらいたい。

どんな結果を知らされても、その瞬間に僕が死ぬわけじゃない。翌日も死なないし、その次の日も、その次の日も、まだ死なないだろう。だから今日は、いまこのときは、とてもすばらしいね。僕がどんなに楽しんでいるか、わかってほしいんだ」

僕はあのときのジェイの笑顔を思いだした。

そしてわかったのだ。僕の残りの人生は、そういうふうに生きていくべきだと。

本気でしかってくれる人

僕の知り合いに訊けば、僕は健全な自我と自信をもっていると言うだろう。自分が何を考え、何を信じているのかをはっきり言葉にする。無能な人に対する忍耐力は、あまりもち合わせていない。

この性格は、基本的に僕のためになってきた。でも、傲慢で機転のきかない男になるときもある。そういうときこそ、自分を調整し直す手助けをしてくれる人が絶対に必要だ。

姉のタミーは、このうえなく知ったかぶりの弟にずっと我慢させられてきた。僕はいつも姉にあれをしろ、これをしろと言っていた。まるで僕たちは生まれた順番がまちがっていたとでもいうかのように。

僕が七歳、タミーが九歳のとき、二人でスクールバスを待っていた。僕は例によって生意気な口をきいていた。もうたくさんだと思った姉は、僕の金属の弁当箱をとり上げ、ぬかるみに投げた……ちょうどそこにバスが来た。姉は校長室に呼ばれ、僕は用務員室に行った。用務員さんは僕の弁当箱を洗い、泥のしみこんだサンドイッチを捨てて、昼食を買うお金までくれた。

校長先生はタミーに、「この件はお母さんにまかせましょう」と言った。家に帰ると母が言った。「この件はお父さんにまかせましょう」

仕事から帰ってきた父は、事情を聞いてにっこりと笑った。タミーをしかるどころか、ほめんばかりの勢いだった。僕は弁当箱をぬかるみに投げられて当然の弟だったのだ。ただし、このとき僕はまだ、その意味を完全には理解していなかった。

ブラウン大学に進学したころには、僕はある程度の才能があり、自分でそう思っていることをまわりも知っていた。新入生のときに知り合った親友のスコット・シャーマンは、当時の僕についてこう語る。「まるで機転がきかなくて、会ったばかりの相手にだれよりも早く反論するヤツだと評判だった」

ブラウン大学で、コンピュータサイエンスの伝説の教授、アンディ・ファン・ダムが僕を助手に採用した。「アンディ・ファン・デマンド」として知られる厳しい教授は、僕を気に入ってくれた。僕はたくさんのことに夢中になっていた――これは長所だ。ただし、僕の強みは欠点でもあった。アンディは僕を、冷静すぎて、無作法すぎて、反論ばかりして柔軟性がなく、いつも自分の意見をまくしたてていると思っていた。

　ある日、アンディに散歩に誘われた。彼は僕の肩に腕をまわして言った。

「ランディ、きみがとても傲慢だと思われていることは、実に悲しい。そのせいで、きみが人生で達成できるはずのことが制限されてしまうんだからね」

　いま思うと、彼の言い方は完璧だった。実際は「ランディ、きみはイヤなヤツだ」と言っているのと同じだった。でも彼は、僕が批判を受け入れて、憧れの人の言葉に耳を傾けるべきだと思わせるように話してくれた。厳しいことを率直に言う人を、「オランダのおじさん」と呼ぶ。最近はあえて苦言を呈する人はほとんどいないから、時代遅れの言葉になりつつあるし、通じないときもあるだろう（最高なのは、アンディが実際にオランダ人だということだ！）。

　最後の講義がインターネットで広まってからというもの、かなりの友人が僕を「聖ランディ」と呼んでからかう。僕がもっと人間くさいあだ名でいろいろ呼ばれていたことを、彼らなりに思いださせてくれる。

でも、僕は自分の欠点を、道徳的というより社会的な意味だと思いたい。アンディのように、僕を気にかけているからこそ愛情をこめて厳しく言ってくれる人たちに恵まれて、幸運だと思っている。

ランディおじさんと子供たち

長いあいだ、僕のアイデンティティの柱は「独身のおじさん」だった。二〇代も三〇代も子供はいなかった。だから、姉の二人の子供、ローラとクリスは僕が愛情を注ぐ対象となった。ランディおじさんという立場を、僕はおおいに楽しんでいた。会うたびに、変わった角度から世界を見ようと教えてくれるおじさんだ。

二人を甘やかしていたのではない。僕なりの人生の見方を教えようとしたのだ（姉はときどき憤慨していたが）。

一〇年ほど前、ローラが九歳でクリスが七歳のとき、僕は真新しいコンバーチブルのフォルクスワーゲン・カブリオレに二人を乗せた。「ランディおじさんの新しい車なんだから気をつけなさい」と、姉は言った。「乗る前に足を拭くのよ。ちらかさないで。汚しちゃだめよ」

僕は姉の言葉を聞きながら、独身のおじさんにできることを考えていた。そんなふうに注意するから、子供は必ず失敗するんだ。もちろん、彼らはいずれ車を汚すだろう。子供だからしかたがない……。そこで、姉が注意書きを並べているあいだに、僕はコーラの缶をそっと開けて、後部座席の布のシートにこぼした。

ローラとクリスは口をぽかんと開け、目を真ん丸くしていた。大人のルールを完全に無視する、おかしなランディおじさん!

結局、コーラをこぼしたことは大正解だった。その週末にクリスが風邪をひき、バックシート一面に吐いたのだ。先に僕が車を汚すところを見ていたから、彼は罪の意識を感じる必要はなかった。

僕が二人といるとき、ルールは二つだけだった。

1　めそめそしない

2　何を一緒にしたか、ママに言わない

ママに言わないという約束は、すべての遊びを海賊の冒険に変えた。週末はたいてい、二人とも僕のアパートに入り浸っていた。僕は子供に人気のレストラン、チャッキーチーズに連れて行き、ハイキングや博物館に行った。特別な週末はプール付きのホテルに泊まった。

僕たち三人はパンケーキづくりが好きだった。僕の父はいつも、「どうしてパンケーキは丸くなくちゃいけないんだ？」と言っていた。僕は子供たちに同じ質問をして、不気味な形の動物パンケーキをつくった。パンケーキの生地はちょうどいい加減のゆるさで、動物をつくるたびに即席のロールシャッハテストができる。ローラとクリスは、「こんなのをつくりたかったんじゃないもん」と言ったりしたが、ありのままのパンケーキがどんな動物に見えるかと想像して遊んだ。


ローラは現在二一歳、クリスは一九歳。最近はこれまで以上に、彼らの子供時代の一部に僕がいたことを感謝している。僕の子供たちが六歳を過ぎるころには、僕はもう父親としてそばにいられそうにない。だからローラとクリスと過ごした日々は、僕にとってますます貴重な経験になっている。思春期直前からティーンエイジャー、そして大人になりつつある彼らの人生に、立ち会うことができたのだから。

先日、二人に頼みごとをした。僕がいなくなったあと、週末に僕の子供たちをいろいろなところへ連れて行ったり、遊んだりしてほしいのだ。彼らが楽しいと思うことなら何でもいい。僕と一緒にしたことを、そっくり真似する必要はない。僕の子供たちの好きなようにさせてやってほしい。

ディランは恐竜が好きだ。クリスとローラは彼を自然史博物館に連れて行ってくれるだろう。ローガンはスポーツが好きだから、NFLのピッツバーグ・スティーラーズの試合を見せてやるのもいい。クロエはダンスが好きだ。きっと何か一緒にしてくれるだろう。

僕の子供たちに、いくつか伝言も頼んだ。たとえば、「きみたちのパパに、一緒に遊んであげてと頼まれたんだ。僕たちが一緒に遊んでもらったようにね」と言ってほしい。僕がどれだけ必死に生きつづけようとしたかも、二人から話してほしい。僕は自分の受けられるなかでいちばんつらい治療も受けた。できるだけ長く生きて、子供たちのそばにいたかったからだ。それがローラとクリスに託したメッセージだ。

もうひとつ。僕の子供たちが二人の車を汚したときは、僕のことを思いだして笑ってほしい。

ジェイとの出会い

「レンガの壁がそこにあるのは、それを真剣に望んでいない人たちを止めるためだ。自分以外の人たちを押しとどめるためにある」

最後の講義で話したように、学問と仕事の世界では、僕はレンガの壁を突き破る達人だった。でも、そんな僕にとってもひとつだけ例外があった。

僕が人生で直面したいちばん手ごわい壁は、高さ一六四センチ、文句なしに美しかった。その壁を前に僕は涙を流し、どうしようもなくなって父に助けを求め、どうやってよじ登ればいいのか助言を請うた。

その壁は、ジェイだ。

ジェイとはじめて会ったとき、僕は三七歳の独り者だった。デートもたくさんして恋愛を楽しんでいたが、もっと真剣な関係を求めるガールフレンドは少しずつ離れていった。身を固めなければいけないというプレッシャーも、ずっと感じていなかった。終身教授になって経済的に少しゆとりができても、月四五〇ドルの屋根裏部屋のようなアパートを借りていた。外の通りから非常階段で上がれる部屋だった。僕が教えている大学院生でも住まないようなところだったが、僕には申し分なかった。

僕は陽気なことが好きで、仕事中毒のピーターパンで、金属の折りたたみ椅子で食事をするような男だった。そんな生活が幸せだと思う女性は、どこを探してもいないだろう（ジェイだってそれが幸せだとは思わなかった）。たしかに僕はそれなりの仕事をしているし、いろいろなことがうまくいっている。でも、どんな女性にとっても理想の結婚相手ではなかった。

ジェイと出会ったのは一九九八年の秋。僕がチャペルヒルのノースカロライナ大学で、バーチャルリアリティの講演をしたときだった。そのときジェイは三一歳。大学院で比較文学を学びながら、コンピュータサイエンス学部でアルバイトをしていた。彼女の仕事は研究所の訪問者を――ノーベル賞受賞者でもガールスカウトの一団でも――もてなすこと。あの日、ジェイは仕事で僕をもてなすことになった。

その一年前の夏に、彼女はオーランドで開催されたコンピュータグラフィクスの会議で僕の講演を聴いていた。あとで知ったのだが、そのとき僕のところへ自己紹介をしに行こうと思いながら、結局やめたという。僕がノースカロライナ大学を訪れると知った彼女は、僕のホームページを見た。学術的な項目をすべてクリックしたあと、もっと愉快なプライベートへのリンクを見つけた。そのコーナーでは、僕の趣味はジンジャーブレッドハウスづくりと裁縫だと紹介している。彼女は僕の年齢を確認して、妻や恋人の話が出てこないこともわかり、何枚もある姪と甥の写真をながめた。

ジェイは、僕はかなり風変わりでおもしろい男にちがいないと思った。興味をかきたてられて、コンピュータサイエンスの世界に詳しい友人たちに電話をかけた。

「ランディ・パウシュについて何か知ってる？　ゲイなのかしら？」

僕はゲイではないことがわかった。落ち着くつもりのない遊び人だという評判も聞かされた（ある意味で、コンピュータサイエンス学者は「遊び人」のようなものだろう）。

ジェイは大学時代の恋人と短期間、結婚していたが、離婚して子供はいなかった。真剣な恋愛には二の足を踏んでいた。

ノースカロライナ大学を訪れてジェイに会ったとき、僕はひとめで恋に落ちた。本当に美しかった。当時はまばゆい長い髪で、温かさといたずらっぽさを物語るあの笑顔を浮かべていた。僕は研究所を案内され、学生によるバーチャルリアリティの実演を見学したが、ひとつも集中できなくて困った。ジェイが隣に立っていたからだ。

やがて僕は猛烈にアタックを始めた。仕事の場だったから、必要以上に目で合図を送ったという意味だ。ジェイはのちにこう言っていた。「あなたがだれにでもあんなふうにするのか、それとも私だけなのか、わからなかった」。信じてくれ、きみだけだ。

その夜は教授たちと公式のディナーに出席しなければならなかったが、そのあとで会ってほしいとジェイを誘った。彼女は応じてくれた。

ディナーのあいだは上の空だった。目の前にいる終身教授たちが、もっと速く噛めばいいのにと思っていた。だれにもデザートは注文させなかった。そして二〇時半に席を立ち、ジェイに電話をした。

僕たちはワインバーに行った。自分がこの女性と本当に一緒にいたいのだと、磁石のように引き寄せられる力をすぐに感じた。翌朝の飛行機で帰るつもりだったが、デートをしてくれるなら予定を変更すると言った。彼女はイエスと答え、僕たちはすばらしい時間を過ごした。

ピッツバーグに戻ってから、僕のマイレージが貯まっているから遊びに来ないかと誘った。彼女が僕に好意をもっているのは明らかだったが、彼女は怖れていた。僕の評判と、自分が恋に落ちるかもしれないことを。

「そちらには行きません」と、彼女はメールに書いてきた。「よく考えたけれど、遠距離恋愛はしたくありません。ごめんなさい」

このくらいの壁は予想どおりだった。僕は一二本のバラを贈ってカードを添えた。「とても悲しいことですが、あなたの決断を尊重します。あなたにとって最善の道を。ランディ」

ジェイは──飛行機に乗った。

僕は根っからのロマンチストで、ちょっぴり策術家でもある。僕はすっかり恋に落ちていた。

冬のあいだは、ほぼ毎週末に会った。ジェイは、僕のぶしつけな話し方や、何でも知っているという態度を喜ばなかったが、僕ほど前向きで陽気な人に会ったことはないと言った。僕は何よりも彼女の健康と幸せを大切にするようになった。

やがて、僕はジェイにピッツバーグに来てほしいと言った。婚約指輪も渡したが、彼女がまだ不安がっているのはわかっていた。だから無理強いはせず、彼女はピッツバーグに自分でアパートを借りることになった。

僕は四月にノースカロライナ大学で一週間の短期講座を担当するように手配した。そうすれば彼女の荷造りを手伝い、一緒に車でピッツバーグに帰れるというわけだ。チャペルヒルに着くと、ジェイから話があると言われた。いままで見たことのないくらい真剣な表情だった。

「ピッツバーグには行けないわ。ごめんなさい」

きっとうまくいかないから。それが彼女の答えだった。「あなたが私に愛してほしいと思うようには、あなたを愛せない」。そしてダメ押し。「あなたを愛していないの」

僕はどん底に突き落とされ、胸が張り裂けそうだった。内臓にパンチをくらったみたいだった。彼女は本気で言っているのだろうか。ぎこちない空気が流れ、僕はこう言うのが精一杯だった。

「僕は幸せを見つけようとしていて、きみと幸せになりたいと心から思っている。でも、きみと一緒に幸せになれないなら、きみのいない幸せを見つけるよ」

ホテルに戻った僕は、その日はほとんど電話にかじりつき、この壁について両親に話した。

電話の向こうで父は言った。「考えてみろ。おまえは彼女に、新しい土地でイチから始めてくれ、自分と一緒に逃げようと言ったんだぞ。彼女は混乱して不安でたまらなくなったんだろう。彼女が本当におまえを愛していないなら、これで終わりだ。もしおまえを愛しているなら、最後は愛が勝つ」

「支えになってあげなさい」と、母は言った。「彼女を愛しているなら、支えてあげなさい」

僕はそのとおりにした。その週は短期講座で教え、ジェイのオフィスの奥にある自分のオフィスから、何回か彼女のところに顔を出した。「きみがどうしているか知りたいだけだよ。何かできることがあったら言ってくれ」

数日後、ジェイが話しかけてきた。「ねえ、ランディ。私はここに座って、あなたに会いたい、あなたがいてくれたらいいのにと思ってる。それはきっと、意味があることよね？」

彼女は気がついたのだ――恋をしているのだと。やはり両親は正しかった。愛は勝つ。その週末、ジェイはピッツバーグに引っ越した。

レンガの壁がそこにあるのには、理由がある。自分が何かをどんなに真剣に望んでいるか、証明するチャンスを与えているのだ。

おとぎ話はハッピーエンドとはかぎらない

ジェイと僕はピッツバーグの有名なビクトリア朝邸宅の庭で、樹齢一〇〇年の樫の木の下で結婚した。こぢんまりとした結婚式だったけれど、僕は壮大な愛の誓いをたてたかった。パーティー会場から、リアバンパーに空き缶をぶら下げた車で走り去るのはやめた。馬車もなし。かわりに僕たちはカラフルな熱気球に乗り込み、友人や大切な人たちに見送られながら空に舞い上がった。

熱気球に乗り込むとき、ジェイは満面の笑みを浮かべていた。

「ディズニーのおとぎ話のエンディングみたい」

上昇を始めた熱気球は、木の枝のあいだを通った。僕は少し不安になった。「平気ですよ」と、熱気球を操縦している男性（「気球師」と呼ぶそうだ）が言った。「普段は木のあいだを通ってもだいじょうぶだから」

普段は？

新郎新婦はおとぎ話の結末をまだ知らなかった

おまけに僕たちは予定より遅れていた。暗くなりはじめたうえ、風向きが変わった。「風に任せよう」と、気球師は言った。「でも、きっとだいじょうぶ」

気球はピッツバーグ市街地の上空を飛び、市内を流れる三本の大きな川の上を行ったり来たりした。「この鳥を下ろせる場所はないな」と、気球師はほとんど独り言のようにつぶやいた。「飛びつづけるしかない」

新婦は景色を楽しむどころではなくなっていた。郊外にさしかかったころ、気球師が遠くに広い原っぱを見つけ、そこに着陸すると言って急降下を始めた。

かなり広い原っぱだったが、端に線路が見えた。僕は線路を目で追った。電車が近づいてくる。その瞬間、僕は新郎から一人のエンジニアになった。

「あそこに変数が見えるでしょう？」

「変数？　きみたちコンピュータ屋は問題のことをそう呼ぶのかい？」

「ええ、まあ。もし電車にぶつかったら？」

僕たちは気球にぶら下げた籠に乗っていた。籠が電車にぶつかる確率は低いだろう。ただし、着陸と同時に巨大な気球が線路に落ちる確率はかなり高い。そこに電車が突っこんで気球に絡まったら、籠ごと引きずられるかもしれない。その場合、怪我をするかもしれないではなく、たぶん怪我をするだろう。「地面に降りたら全力で走れ」と、気球師は言った。

僕は彼の目をのぞきこんだ。僕はいつも、自分にない専門知識をもっている人を信頼している。彼の表情には不安以上のものがあった。軽いパニック、そして恐怖。僕はジェイを見た。これまでの結婚生活を僕は楽しんだよ。

気球が降下するあいだ、僕はどのくらいの速さで走れば命が助かるか、計算しようとした。気球師は、自分のことは何とかできるはずだ。もしできなくても、僕はやはりジェイの手を握って引っぱろう。僕は彼女を愛している。彼とは会ったばかりだ。

気球は地面にぶつかるように着陸した。籠が二、三回バウンドして、勢いよく転がってからほぼ真横になった。しぼんだ気球が地面に落ちたが、走ってくる電車には幸いぶつからなかった。近くの高速道路を走っていた人たちが、車を止めて助けに来た。ちょっとした見ものだった。ウェディングドレスを着たジェイ、スーツ姿の僕、壊れた気球、胸をなでおろす気球師。

気球を追いかけてきた友人の車で帰ろうとしたとき、気球師が小走りで駆け寄ってきた。「待って、待って！　注文はウェディング・パックだよ！　シャンパンが一本つくんだ！」

彼は安物のシャンパンを一本、さしだした。「おめでとう！」

僕たちは力なく笑って礼を言った。ようやく結婚初日が暮れようとしていた。

息子が生まれた日

どんなに悪い状況でも、さらに悪くなる可能性はつねにある。そして同時に、状況をよくできるかどうかは、たいてい自分しだいだ。二〇〇一年の大晦日に、僕はこの教訓を痛いほど学んだ。

ジェイは妊娠七カ月で、ディランがおなかにいた。僕たちは自宅でDVDを観ながら静かに二〇〇二年を迎えようとしていた。

映画が始まったばかりのとき、ジェイが「破水したみたい」と言った。でも羊水ではなかった。血だったのだ。直後に彼女の呼吸が荒くなり、僕は救急車を呼んでも間に合わないと思った。ピッツバーグのマギー産婦人科までは、家から信号を無視すれば車で四分。僕は信号を無視した。

救急治療室に着くと、医師と看護師と病院職員が、点滴と聴診器と保険の申込書をもって階上から降りてきた。すぐに、胎盤が子宮の壁からはがれていることがわかった。「胎盤早期剝離」という症状で、胎児への酸素と栄養の供給が止まりかけていた。どのくらい深刻な状況かは言うまでもない。ジェイの体と僕たちの赤ん坊の命が、大きな危険にさらされていた。

何週間も前から、妊娠生活は順調ではなかった。ジェイは赤ん坊がおなかを蹴るのをほとんど感じず、彼女の体重は十分に増えなかった。超音波検査の結果、ジェイの胎盤は十分に機能しておらず、赤ん坊が成長していないことがわかった。赤ん坊の肺の成長を刺激するためにステロイドを注射した。

それだけでもかなり大変だったのに、こうして救急治療室に来ているのだ。状況ははるかに深刻だった。

帝王切開の緊急手術のために手術室へ運ばれながら、ジェイは医師に訊いた。「大変なんでしょう？」

医師の答えは完璧だった。「本当に大変だったら、先に保険の申込書に署名をしてくださいと頼んだりしませんよ」

そして麻酔医が僕の隣に来た。

「さあ、あなたの今夜のお仕事です。これができるのはあなたしかいません。奥さんはショック状態になりかけています。もしそうなったら処置します。でも簡単ではありません。だから、あなたは奥さんが落ち着けるようにしてあげてください。そばについていてほしいのです」

赤ん坊が生まれるときは夫にも大切な仕事があるのだと、言いたがる人はたくさんいる。「息を吸って、さあ、いいよ、呼吸を止めないで、そうだ」とかなんとか。僕の父は最初の子供が生まれるときにチーズバーガーを食べていた人だから、夫たちの「コーチ役」の話をおもしろがって聞いていた。

でも、いま、僕は現実に仕事を与えられていた。麻酔医が僕の目を見て言った。「あなたを信じておまかせします。彼女が怖がったときは、パニックにならないようにしてください」

帝王切開手術が始まり、僕はジェイの手を強く強く握りしめた。彼女の唇は真っ青で、体は震えていた。ジェイの頭をなでながら、両手で彼女の片方の手を握りしめ、ありのままに、でも安心できるように、手術の様子を説明した。ジェイも意識を失わないようにしようとしていた。

「赤ちゃんが見えるよ」と、僕は言った。「赤ちゃんが出てくる」

ジェイは涙があふれて、いちばんつらい質問ができなかった。でも僕は答えた。

「ちゃんと動いてるよ」

　そのとき赤ん坊が――僕たちの最初の子、ディランが――聞いたことのないような甲高い声をあげた。あらんかぎりの力をふりしぼって。看護師たちが笑顔になった。「えらいわね」と、だれかが言った。弱々しく生まれてきた未熟児は、たいてい問題をかかえている。でも、元気よく大声で泣きながら出てくる未熟児は闘志にあふれている。力強く成長するのだ。

　ディランの体重は一三二五グラム。頭は野球ボールくらいの大きさだった。うれしいことに、自分でしっかり呼吸をしていた。

　ジェイは感極まっていたけれど、安心してもいた。笑顔のなかで、青かった唇の色が元に戻っていった。僕は心から彼女を誇りに思った。その勇気に驚いていた。僕が彼女を守ることができたかどうかは、わからない。でも、僕は彼女の意識を保つために言えることをすべて言って、できることをすべてして、表現できる感情をすべて伝えた。

　ディランは新生児集中治療室に入った。人工呼吸装置は一度もつけなかったが、僕たちは来る日も来る日も車で病院に向かいながら、「僕たちの赤ちゃんはまだ生きているだろうか」と、思わずにいられなかった。

ある日、病院に着くとディランのベッドがなくなっていた。ジェイは気を失いかけた。僕は心臓がバクバクした。近くにいた看護師をつかまえて、文字どおり白衣の襟をつかんだのだが、ほとんどまともにしゃべれなかった。

「赤ちゃんは？　ラストネームはパウシュ。……どこ？」

わけがわからないまま体の力が抜けていくのを感じた。真っ暗な場所に落ちていくような気がした。

看護師は笑顔で言った。「あら、お子さんは良くなったから上の病室に移って、開放型の新生児ベッドにいますよ」

ほっとした僕たちは階段を駆け上がった。病室に入ると、そこにディランがいて、泣き叫びながら成長を始めていた。

父が五〇年間、一度も話さなかったこと

二〇〇六年に父が他界したあと、遺品を整理した。いつも活発に動きまわっていた父の持ち物は、その冒険を物語っていた。若い父がアコーディオンを演奏している写真、中年の父がサンタクロースの服を着た写真（父はサンタ役が大好きだった）、年老いた父が自分より大きなクマのぬいぐるみをかかえている写真。一八歳の誕生日に撮影された写真は二〇代の友人たちとローラーコースターに乗っていて、父は満面の笑みだった。

遺品を整理しながら、いくつか不思議なものを見つけ、思わず笑顔になった。一九六〇年代前半と思われる一枚の写真の父は、ジャケットを着てネクタイを締め、雑貨店の前にいた。片手に小さな茶色い紙袋をもっている。袋に何が入っていたのかは知る由もないが、父のことだ、素敵なものが入っていたにちがいない。

仕事のあと、父はときどきお土産をもって帰ってきた。小さなおもちゃや一個だけ

若き日の父

のキャンディーを大げさにとりだし、ちょっとしたつくり話を語ったものだ。お土産は父からもらった何よりも楽しかった。父が茶色い紙袋をもっている写真を見て、そんなことも思いだした。

父は紙の束を溜めこんでもいた。保険の仕事の手紙、慈善活動の書類。紙の山のなかに、一九四五年の軍の表彰状が埋もれていた。父が最初に従軍したとき、第七五歩兵師団の司令官から「勇気ある功績」に贈られた表彰状だった。

一九四五年四月一一日、父の所属する歩兵中隊はドイツ軍に攻撃された。戦闘が始まってすぐ、砲火を浴びて八人が負傷した。表彰状によると、「己の危険をまったく顧みず、パウシュ三等兵は待避所を飛びだして、すぐ近くに爆弾が落ちつづけるなか負傷者の治療を始めた。治療は首尾よく進み、すべての負傷者が無事に撤退できた」

当時、父は二二歳。青銅星章を授与された。

両親が結婚して五〇年。僕も父と数えきれないほど話をしたが、この話は一度も聞いたことがなかった。父が死んで数週間後に、僕は父からまたひとつ、犠牲になることの意味を学んだ――そして謙遜することの偉大さを。

コンバーチブルに乗った男

癌と診断されてからかなり経ったある朝、カーネギーメロン大学のロビー・コザック副学長からメールが届いた。

前の晩に車で自宅に向かっていたとき、彼女の前を男性の運転するコンバーチブルが走っていたという。暖かくて爽快な早春の夜だった。男性は屋根をはずし、窓を全開にしていた。片腕を運転席のドアの外にかけ、ラジオの音楽に合わせて指でリズムをとっていた。頭も一緒に揺れていて、髪も風に揺れていた。

ロビーは車線を変更してコンバーチブルに近づいた。横から見ると、男性はわずかに微笑んでいた。彼女は思った。「今日この日を、この瞬間を楽しんでいる手本のような人だわ」

やがてコンバーチブルは角を曲がり、男性の顔がしっかり見えた。「うそでしょ、ランディ・パウシュじゃないの！」

彼女は僕を見てとても驚いた。癌の状況が厳しいことを知っていたからだ。それなのに僕がとても満足そうに見えて、感動したのだという。「あのときのあなたを見て、私は人生の意味を考えながら、どんなに幸せな気持ちになったと思う？」

癌の治療を受けながら前向きでいつづけることは、いつも簡単というわけではない。深刻な医学的問題をかかえていると、自分の感情と折り合いをつける方法を見つけるのはつらいものだ。僕もときどき、たくましくて元気なふりをしているのだろう。多くの癌患者は、勇敢なところを人に見せなくてはいけないと感じている。

でも、ロビーが見たのは無防備な僕だった。彼女はありのままの僕を見たのだと思いたい。あの夜、そのままの僕の姿を。

彼女の短いメールは、僕自身のなかを見る窓をくれた。僕は、まだしっかり生きている。人生はいいものだと思っている。よくやっているじゃないか。

新年の誓い

僕が癌を宣告されてからジェイが学んだことを考えてみれば、彼女にも本が書ける。タイトルは、『最後の授業は関係ない――彼の本当の物語』。

ジェイは強い女性だ。僕の妻だ。彼女のまっすぐさと、誠実さと、僕に何でもはっきり言うところはすばらしい。僕たちはいまも、あと数カ月しか残されていないいまも、すべてがいままでどおりで、僕たちの結婚は何十年もつづくかのようにふるまおうと努力している。僕たちは議論もするし、けんかもして、そして仲直りをする。

僕の病気の経過がわかったとき、ジェイは、些細なことは気にしないように努めているのだと言った。それは僕たちが相談していたカウンセラーからの助言だった。心理療法士のミッシェル・レイスは、夫婦のどちらかが不治の病に侵されたとき、家庭生活を見つめ直す手助けをしている。僕たちの生活にも「新しい普通」が必要だった。

たとえば、僕は散らかし屋だ。きれいな服も汚れた服も寝室に広げっぱなしで、洗面所のシンクのまわりもガラクタだらけだ。それを見てジェイは憤慨する。僕が病気になる前は何かしら文句を言われていた。でも、レイスはジェイに、あまり大切ではないことでいがみ合うのはやめたほうがいいと助言した。

もちろん、僕はもっときちんと片づけるべきだ。ジェイにはいろいろ謝らなければいけない。でも、一緒に過ごせる最後の数カ月に、僕がチノパンをハンガーに吊るさなかったことを口論したいと、僕たちは本気で思っているのだろうか。そんなはずがない。だからジェイは僕の服を部屋の片隅に蹴って、気にしないことにした。

ある友人が、ジェイに日記をつけるように勧めた。僕に頭にきたことを書くのだ。「ランディは今夜もお皿を食器洗い機に入れなかった。お皿をテーブルに置いたまま、パソコンの前に行ってしまった」

僕が可能性のある治療についてインターネットで調べることに没頭していたことは、ジェイも知っていた。それでもテーブルに置きっぱなしの皿は彼女を悩ませた。僕に彼女を責めることはできない。だから彼女はその思いを日記に書いて、気分が軽くなり、僕たちは口論にならずにすむ。

ジェイは、先に待っている否定的なことではなく、その日その日に集中しようとしている。「明日のことを心配ばかりして過ごしても、しかたがないわ」

でも二〇〇七年の大晦日は、かなり感情がたかぶり、ほろ苦い一日となった。

その日はディランの六歳の誕生日で、僕たちはお祝いをした。僕が新しい年を迎えられることにも感謝していた。ただし、目の前の現実について話す気分にはなれなかった。これから先の、僕のいない大晦日のことを。

僕はディランと映画『マゴリアムおじさんの不思議なおもちゃ屋』を観に行った。インターネットで内容は調べていたが、マゴリアムおじさんが自分の死を察して、若い店長に店を譲るというところまでは知らなかった。僕は映画館でディランを膝に載せ、ディランはマゴリアムおじさんが死ぬところで泣いている、という図式ができあがった（ディランは僕の病気についてまだ知らない）。

映画のなかで心に残る台詞があった。店長（ナタリー・ポートマン）がおもちゃ屋のマゴリアム（ダスティン・ホフマン）に、死んではだめ、生きていてと訴える。するとマゴリアムが言うのだ。「もう生きてきたよ」

その夜遅く、新年が近づくにつれて、ジェイは僕が落ち込んでいるのに気がついた。僕を励まそうと、彼女は一年をふり返ってすばらしかった出来事をいくつか挙げた。僕たちは二人きりで夢のようなバカンスを過ごした。癌と診断されたことで時間の貴重さを思いださなければ、そんなバカンスはなかっただろう。子供たちの成長も二人で見守ってきた。わが家は美しいエネルギーとたくさんの愛で満たされていた。

ジェイは、僕と子供たちのために家族を守りつづけると誓った。「愚痴を言わず、前に進みつづける大切な理由を四つ見つけたの。だからだいじょうぶ」

ジェイは、子供たちの相手をする僕を見ているときが、一日でいちばん幸せだと言う。一歳半のクロエが片言で話しかけると、僕の顔がパッと明るくなるそうだ。

クリスマスに庭の木にイルミネーションを飾りつけるときは、ディランとローガンにお手本を見せるかわりに、二人の好きなようにさせた。二人がイルミネーションを木に向かって投げても、僕は満足だった。大混乱の現場をビデオで撮影した。ジェイは「魔法のような時間」で、最高の思い出のひとつになるだろうと言った。

ジェイは、癌患者と家族のためのウェブサイトをいくつかのぞいている。役に立つ情報もあるが、あまり長くは見ていられないと言う。「『ボブの闘いは終わった』とか

『ジムの闘いは終わった』とかで始まる書き込みが、本当にたくさんあるのよ。すべてに目を通していても、いいことはないと思うの」

それでも、ある書き込みに彼女は心を動かされた。書いたのは、夫が膵臓癌になった女性だった。彼らは家族旅行の計画を延期し、スケジュールを再調整する前に夫は亡くなった。「旅行に行こうと思ったら、すぐに行きなさい。いまこの瞬間を生きなくては」。ジェイはそのとおりにしようと誓っている。

ジェイは地元でも、末期患者の配偶者の世話をしている人たちと知り合い、彼らと話をすることが助けになっている。僕に不満を言いたくなったり、プレッシャーに押しつぶされそうになったりしたときは、同じ立場の家族との会話がいいはけ口になる。

一方で、ジェイは幸せな時間のことだけを考えようと努めている。彼女に求愛していたころ、僕は毎週一回、花を贈り、彼女のオフィスにぬいぐるみを並べた。彼女は「ロマンチック・ランディ」の思い出をふり返ると笑顔になって、気持ちが沈んだときに乗り越える助けになるのだという。

ところで、ジェイも子供のころの夢をかなり実現させている。彼女は自分の馬がほしかった（実現していないが、乗馬はたくさん経験している）。フランスに行きたかった（これは実現して、大学時代にひと夏をフランスで過ごした）。そして何よりも、彼女は小さいころから、いつか子供がほしいと思っていた。

僕にもっと時間があって、彼女がほかの夢も実現させることを手助けしたかったと思う。でも、子供たちは彼女の夢がすばらしいかたちで実現した結果であり、そのことが僕たち二人をおおいに慰めてくれる。

僕たちの旅《ジャーニー》から学んだことの話になると、ジェイは、二人でいるときに力を感じるのだと言う。心と心で話せることに感謝している、と。それから僕が部屋じゅうに服を散らかすことをもちだして、イライラするけれど、いろいろ考えて許すことにしたと言う。

僕もわかっている。ジェイが日記に愚痴を書きはじめる前から、身のまわりの片づけは彼女にまかせっぱなしだ。これからはもっときちんとするよ。それが僕の新年の誓いのひとつだ。

第4章

夢を
かなえようとしている
きみたちへ

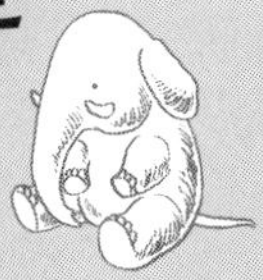

最後の講義では、
「僕はいかにして夢をかなえてきたか」のほかにもうひとつ、
「いかにして人が
夢をかなえる手助けをしてきたか」についても語った。
この章では、これから夢をかなえようとしているきみたちに、
僕から少しばかりのアドバイスを贈りたい。

時間を管理する

　ある日、ジェイに頼まれて食料品を買いだしに行った。メモの品をすべてカゴに入れた僕は、セルフスキャンのレジのほうが早く帰れると思った。クレジットカードを機械に通し、指示に従って商品のバーコードを自分でスキャンした。機械が甲高い声でさえずり、ピーッと鳴って、合計一六ドル五五セント。でもレシートが出なかった。そこでもう一度、クレジットカードを機械に通して最初からやり直した。すぐにレシートが二枚出てきた。どうやら精算を二回してしまったようだ。

　店長を探せば、僕の説明を聞いて、何か用紙をとりだし、どちらかの一六ドル五五セントをとり消すだろう。うんざりする手続きで一〇分か一五分は待たされる。なにしろ僕には時間が残されていない。だから僕は店を出た。一六ドルのかわりに一五分を手にしたことに満足しながら。

僕は人生を通してずっと、時間は限られているのだと強く意識してきた。いろいろと論理的すぎるのは自分でも認めるが、僕の好ましい執念のひとつは時間をうまく管理することだと、固く信じている。学生にも時間の管理についてうるさく言ってきた。わざわざ講義で解説したこともある。そして、時間の管理が得意だからこそ、短縮された寿命に人生のすべてを詰めこむことができると、心から思えるのだ。

僕の時間管理術のコツを紹介しよう。

時間をお金と同じように明確に管理する——学生は、彼らが「パウシュイズム」と呼ぶ僕の徹底ぶりに驚くときもある。僕は、見当違いの細かいことに時間を費やすなと強調する。「手すりの裏側をどんなに磨いても意味はない」からだ。

計画はいつでも変えられるが、計画がなければ変えることもできない——僕は「やるべきことリスト」の効果を信頼している。リストをつくると、人生を細かいステップに分けて考えやすい。僕はかつて、「終身教授になること」をリストに入れていた（それはさすがに無邪気だったが）。いちばん役に立つ「やるべきことリスト」は、大きな仕事を細かいステップに分けることだ。たとえば僕はローガンに、一個ずつ物を

拾いながら部屋を片づけなさいと促している。

効果的なファイリング方法――家のなかに、すべてをアルファベット順にファイリングできる場所がほしいとジェイに話したら、強迫観念にかられすぎではないかと言われた。僕は彼女に説明した。「アルファベット順に並べるほうが、あちこち走りまわって、『青色だよ、何か食べているときにもっていたあれだよ』と言うよりいいじゃないか」

その電話は本当に必要か――必要のない電話を短くすませるコツがある。座って電話をしているときは、足を机の上などに上げないこと。電話中は立っているほうが、話を早くすませたくなる。何かやりたいことを机の上に置いて、それを見ながら電話をすれば、早く切り上げたくなるだろう。

代理を頼む――大学で教える僕は早くから、一九歳の優秀な学生を信頼して研究の重要な部分を任せても、ほとんどの場合は責任をもってすばらしい仕事をしてくれることを経験してきた。どんなに若くても代理は頼める。僕は、一歳半のクロエを抱いている二枚の写真がとても気に入っている（一二七ページ）。左側の写真で、僕は彼女に哺乳瓶でミルクを飲ませている。右側の写真では、彼女に「仕事」をまかせている。彼女は満足そうだ。僕も満足している。

息抜きをする――メールを読んだり、留守番電話を確認したりするようでは、本物のバカンスではない。ジェイと僕は、新婚旅行中は二人きりにしてほしかった。でも僕の上司は、連絡がとれるようにしておくべきだと思っていた。そこで僕は留守番電話に最高のメッセージを吹き込んだ。

「はい、ランディです。三九歳でようやく結婚したので、妻と一カ月旅に出ます。問題がないことを祈っていますが、どうやら連絡がとれるようにしておかないといけないらしくて」。そして、ジェイの両親の名前と住んでいる街の名前を告げた。「番号案内にかければ、彼らの電話番号がわかります。僕の新しい義理の親を、大切な娘の新婚旅行を中断する必要があるくらいの緊急事態だと説得できたら、僕たちの連絡先を教えてもらえるでしょう」

電話はかかってこなかった。

時間はあなたのものだ。そしていつか、思っていたより少ないと思う日が来るかもしれない。

仲間の意見に耳を傾ける

教師の第一の目標は、学生がどのように学ぶかを学ぶ手助けをすること。これは教育における決まり文句だ。

もちろん、僕もその価値はつねに認めている。ただし、僕のなかでは、もっとふさわしい第一の目標がある——学生が自分をどのように評価するかを学ぶことを、僕は手助けしたい。

学生は自分の本当の能力を理解しているだろうか。自分の欠点に気づいているだろうか。他人が自分をどんなふうに見ているか、現実的に考えているだろうか。

つまるところ、教育者のいちばんの役割は、学生が内省する手助けをすることだ。人間が向上する唯一の方法は——グレアム監督が教えてくれたように——自分を評価する能力を伸ばせるかどうかだ。自分を正確に評価できなければ、よくなっているのか、悪くなっているのか、知りようもない。

最近の高等教育は顧客サービスに終始しているという不満は、もう聞き飽きた。学生と保護者は商品に高いお金を払っていると思うから、具体的なかたちでその価値を知りたがる。デパートに行ってブランドのジーンズを五着買うかわりに、五科目分の履修単位にお金を払っているようなものだ。

しかし、教育をビジネスにたとえるなら、顧客サービスのモデルより適切な例があるはずだ。僕は大学の学費を、スポーツクラブの個人トレーナーの料金にたとえたい。僕たち教師はトレーナーとして、設備（教科書、図書館、指導者の専門知識）の使い方を教える。その後は厳しく接するのがトレーナーの仕事だ。学生が一生懸命に努力しているかどうか、確認しなければならない。賞賛に値するときはほめて、もっと努力が必要なときは率直に言わなければならない。

ジムのトレーニングですばらしいのは、努力をすれば、とてもわかりやすい結果がついてくることだ。そして教師の仕事は、鏡を見たときに筋肉の成長が見えるのと同じように、学生が自分の精神的な成長を理解する方法を教えることだ。

自分に対する評価をすすんで受け入れさせることは、僕が教育者として経験してきたなかでもいちばんむずかしい（僕自身の私生活でも簡単ではない）。残念ながらあまりに多くの親や教育者が、この問題をあきらめてしまう。自尊心を育てることについて語るときも、人格形成の誠実さより、中身のないご機嫌とりに頼りがちだ。現代の教育制度の下方スパイラルに関する話はあまりによく聞くが、カギとなる要因のひとつは、子供をおだてすぎて本物のフィードバックが少なすぎることだろう。

僕がカーネギーメロン大学で「バーチャル世界の創造」というクラスを教えていたときは、二週間に一回、学生に相互評価をさせた。四人一組で課題に取り組む共同作業のクラスだから、信頼関係が成績に響くのだ。

相互評価は一枚のスプレッドシートに集計した。一学期のあいだに学生は一人につき三組のグループで五つの課題を完成させるから、一五の評価が一覧になる。これで実際的かつ統計的に自分を見つめることができる。

僕は色分けした棒グラフを作成し、次のような評価のランキングがわかるようにした。

1 仲間はあなたが一生懸命に取り組んだと思ったか？　あなたが何時間、プロジェクトに取り組んだと思ったか？
2 あなたはどのくらい独創的な貢献をしたか？
3 仲間はあなたと組んでやりやすいと思ったか？　やりにくいと思ったか？

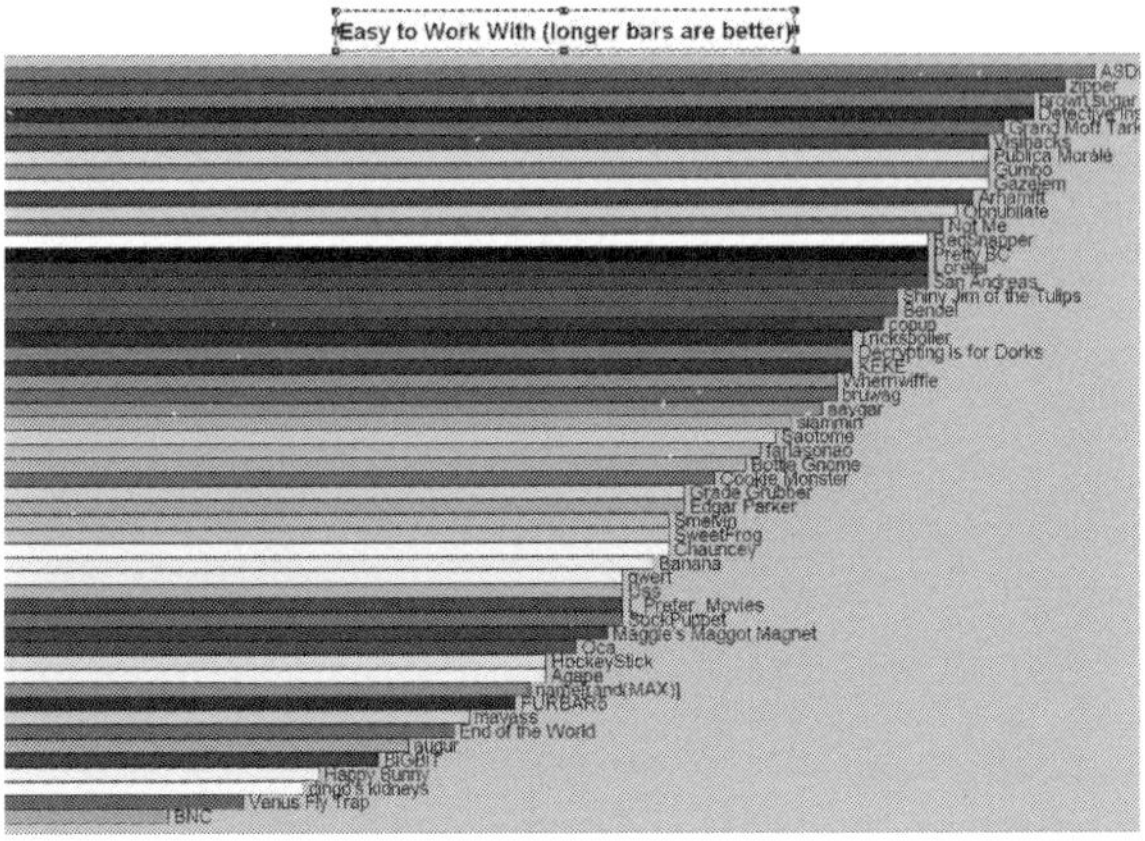

「きみはチームプレーヤーか？」グループで課題に取り組んだ学生の相互評価。棒グラフが長いほど評価が高い

あなたはチームプレーヤーか？

とくに三番目については、どのくらい共同作業に向いているかという的確な評価になる。色分けした棒グラフを見れば、五〇人のクラスのなかで自分の相対的な位置がわかる。

棒グラフにはコメントを記入する欄もつけた。「人が話しているときは最後まで聞くこと」など、かなり具体的な助言を書ける。

あるクラスでは、いつものように相互評価をさせたが、全体を四つに分けたなかでどのグループに位置するかだけを教えた。周囲がとくに鼻持ちならないと思っていたある学生は、自分が下から四分の一のグループにいると知っても動揺しなかった。頭はよかったのだが、彼の「健全な」自我では、自分のランクの理由がわからなかったのだ。

下から二五％のなかにいるなら、具体的には二四％か二五％の位置にいるにちがいない（つまりいちばん下の五％ではない）はずだと、彼は考えた。彼の頭のなかではひとつ上のランクにかぎりなく近い。したがって「五〇％にあまり遠くない」から、仲間は自分をまあまあだと評価していることになる。

「きみには具体的に説明することが大切だ」と、僕は彼に言った。「きみは下から二五％というだけではない。クラスの五〇人のなかで、きみに対する評価は最下位だった。五〇位だ。これは深刻な問題だよ。みんな、きみは人の話を聞かないと思っている。一緒に研究しにくいと思っている。これから大変だよ」

彼はショックを受けていた（だれだってショックを受ける）。合理的な評価をずらりと並べられて、こうして僕に厳しいデータを突きつけられているのだ。

つづけて僕は自分のことを告白した。

「僕も昔はきみと同じだった。現実から目を背けていた。でも、ある教授が僕に現実を投げつけて、僕のことを心配しているのだと教えてくれたんだ。僕を特別な存在にしてくれたこと、それは、僕が人の言葉に耳を傾けるようになったことだ」

彼は大きく目を見開いた。「白状しよう。僕もまだ改心している最中だ。だからこそ道徳的な先輩としてきみに言える。きみも改心できるよ」

その学期が終わるまでずっと、彼は自分をチェックしつづけた。彼は成長した。僕は彼の力になることができた。その昔、アンディ・ファン・ダムが僕にしてくれたように。

幸運は、準備と機会がめぐりあったときに起こる

自分の子供のころからの夢を実現することはわくわくするけれど、歳を重ねるにつれて、他人の夢が実現するように手助けすることのほうが、もっと楽しいと思うかもしれない。

一九九三年にバージニア大学で教えていたとき、アーティストからコンピュータグラフィクスの鬼才になった二一歳のトミー・バーネットが、僕の研究チームで働きたいと志願してきた。彼の人生と目標について話したあとで、彼が突然、こう切りだした。

「そうだ、僕には子供のころからの夢があるんです」

ひとつの文章で「子供のころ」と「夢」という言葉を使う人は、だれでも僕の興味をそそる。

「夢って何だい?」

「次のスター・ウォーズ映画で働くことです」

最後の『スター・ウォーズ』が公開されたのは一九八三年で、九三年当時はシリーズ続行の具体的な計画はなかった。「かなり厳しい夢だね」と、僕は言った。「『スター・ウォーズ』はもうつくらないという噂じゃないか」

「いいえ。まだつくりますよ。そのときは制作に参加する。それが僕の計画です」

一九七七年に『スター・ウォーズ』の第一作が公開されたとき、トミーは六歳だった。「みんなはハン・ソロになりたがっていました。でも、僕は特殊効果をつくる人になりたかった。宇宙船や惑星やロボットをつくるんです」

彼は子供のころから、『スター・ウォーズ』の技術に関する記事を読みあさっていた。撮影用のモデルの作製や特殊効果の技術を解説した本も、かたっぱしから読んだ。


トミーの話を聞きながら、僕は子供のころディズニーランドに行って、大人になったらあの乗り物をつくる人になるのだと本能的に感じたときのことを思いだした。トミーの壮大な夢は実現しないだろうと思ったが、その夢は彼にとってプラスになるかもしれない。そんなふうに夢を見る人とならー緒にやっていける。僕は自分がＮＦＬに憧れたけれどかなわなかった経験から、トミーが夢を実現できなくても、その夢は十分に意味があるとわかっていた。

トミーに訊けば、僕はかなり厳しい上司だったと答えるだろう。僕は彼に厳しく接し、かなり高い期待をかけていたが、つねに彼のためを考えていたことは本人もわかっていた。彼は、僕はフットボールの鬼コーチみたいだと言う（グレアム監督がのり移っていたのだろう）。さらに、僕からはバーチャルリアリティのプログラミングを学んだだけでなく、仕事仲間が家族のようになることの大切さも学んだという。

「きみが賢いのは知っている」と、僕は言った。「でも、ここにいる全員が賢い。賢いだけではだめだ。僕が研究チームに求めるのは、一緒にいるみんなが幸せな気分になることを手助けできる人だ」

僕は終身教授になったとき、感謝のしるしとしてトミーたち研究チームをディズニーワールドに招待した。カーネギーメロン大学に移ったときは、バージニア大学の研究チームの全員がついて来た——ただし、トミーをのぞいて。

トミーは一緒に来ることができなかった。映画監督でプロデューサーでもあるジョージ・ルーカスのインダストリアル・ライト&マジック（ＩＬＭ）社に、すでに就職していたからだ。彼の夢が認められて採用されたのではなく、スキルが認められたのだ。僕たちの研究チームで、トミーはプログラミング言語パイソンの達人になっていた。そして、ＩＬＭが採用した言語はパイソンだった。古代ローマの哲学者セネカも言ったように、幸運は、準備と機会がめぐりあったときに起こる。

その後の展開は想像にかたくない。一九九九年、二〇〇二年、二〇〇五年に『スター・ウォーズ』の新しいシリーズが制作され、トミーはそのすべてに参加した。『スター・ウォーズ２ クローンの攻撃』では技術ディレクターのトップを務めた。赤い岩の惑星でクローンとデロイドが戦う一五分間の場面をつくったのもトミーだ。彼のチームはユタ砂漠の写真を使い、バーチャルな戦場をつくりだした。トミーは毎日、違う惑星で仕事をした。

数年前、トミーはＩＬＭを訪問した僕と学生たちを歓迎してくれた。僕の同僚のドン・マリネリが、現役の学生を西海岸に連れて行くという実にすばらしい伝統を始めた。学生は、コンピュータグラフィクスの世界への入り口になるかもしれないエンターテインメント企業やハイテク企業を知ることができる。そのころには、トミーは学生たちにとって神様のような存在だった。彼は学生たちの夢そのものだ。

トミーと、僕のほかの教え子三人を囲んで、現役の学生が質問をした。映画の仕事は最初のチャンスをつかむまでが大変だという話になって、だれかが幸運の役割について訊いた。その質問に、トミーはこう答えた。

「かなり運がよくないといけない。ただ、きみたちはみんな、すでに運がいい。ランディと研究をして、彼に学べることは、それだけで幸運でもある。ランディがいなければ僕はここにいなかっただろう」

無重力空間で宙に浮いた経験もある僕だが、その日はさらに高く舞い上がった。自分の夢を実現するために僕が手助けしたとトミーが思ってくれていることに、心の底から感謝した。でも本当にすばらしかったのは、トミーが、僕のいまの教え子たちに夢をかなえる力を与え、僕が彼らの夢をかなえる手助けをして、僕に「お返し」をしたことだ。トミーが彼らにバトンを渡した。

きみはもっとできる

僕を知っている人たちは、僕は効率にとりつかれた男だと言う。僕はいつも同時に二つのことを、いや三つのことをしている。だからこそ教師の経験を積むにつれて、次のように真剣に考えるようになった。

学生一人ひとりに対して彼らが夢を実現する手助けをできるなら、それぞれ夢をもつ学生たちを、もっと大きな規模で手助けできないだろうか。

その方法を見つけたのは、一九九七年にコンピュータサイエンスの助教授としてカーネギーメロン大学に移ったあとのことだ。僕の専門は「ヒューマン・コンピュータ・インタラクション（HCI：人間とコンピュータの相互作用）」で、大学で「バーチャル世界の創造」（通称BVW）というクラスを開設した。

大学のすべての学部から五〇人の学生が集まった。俳優や英文学専攻の学生、彫刻家もいれば、エンジニアや数学専攻の学生、コンピュータオタクもいた。カーネギーメロン大学が専門分野ごとの自治を尊重していることを考えると、進路が交わるはずのない学生たちだった。でも僕のクラスでは、彼らはありそうもない組み合わせでパートナーとなり、一人ではできないことを協力してやらなくてはならなかった。

学生は無作為に選んだ四人でチームを組み、二週間かけて課題に取り組む。僕は「バーチャル世界をつくりなさい」としか指示しない。学生たちはプログラムを作成し、みんなの前で発表する。そしてチームを組み直し、新しい四人の仲間で次のプログラムにとりかかる。

学生たちのつくるバーチャル世界について、僕の決めたルールは二つだけ。銃撃戦の暴力とポルノは禁止した。その手のものはコンピュータゲームに数えきれないほどある。それよりも、僕は独創的な発想をしてほしかったのだ。

セックスと暴力はダメだと言われると、まったくアイデアの浮かばない一九歳がいかに多いか驚かされる。それでも常識から思いきり離れて考えてみなさいと言うと、ほとんどの学生は難問に挑戦した。実際、一年目から学生たちの発表に、僕は感心させられっぱなしだった。彼らの成果は僕の想像を超えていた。とくに感心したのは、ハリウッドの技術レベルにはかなわないコンピュータでプログラミングをしているのに、最高にすばらしい作品を仕上げたことだ。

当時、僕は教壇に立つようになって一〇年目で、BVWのクラスを始めたときはどういう方向に進むか予想がつかなかった。最初の二週間の課題が終わり、僕はその結果に圧倒された。次はどうすればいいかわからず、途方に暮れて恩師のアンディ・ファン・ダムに電話をかけた。

「アンディ、学生に二週間の課題を与えて、彼らはきちんと仕上げました。もし一学期をかけて完成するように指示していたら、全員にAの成績をつけたくらいの出来なんです。次はどうすればいいでしょう？」

アンディは少しだけ考えてから言った。「なるほど、それなら明日、教室に行って学生の目を見ながら言いなさい。『課題はとてもすばらしかった。でも、きみたちはもっとできる』とね」

その答えにびっくりしたが、実際、アンディの言うとおりだった。ハードルは高く設定するべきだということを、僕は明らかに理解していなかったのだ。適当にハードルを設定していた僕は、学生たちにとんでもないことをしていた。

学生は進歩しつづけ、彼らの作品に僕は刺激を受けた。臨場感あふれる急流下りのアドベンチャーもあれば、ベネチアの街中を漂うロマンチックなゴンドラの旅や、ローラースケートで走る忍者もいた。愛らしい3Dの生物が住むまったくありえない架空の世界をつくった学生たちは、子供のころに夢で見た世界だと言っていた。

発表の日に教室へ行くと、五〇人の学生のほかに、僕の知らない人が五〇人いた——ルームメイトや友人や親たちだった。

大学の授業参観は、僕にとってはじめての経験だった。見学者は雪だるま式に増えた。やがて、発表の日は大きな講堂に移動しなければならなくなり、満席で立ち見も出た。四〇〇人以上がバーチャルリアリティの発表会を楽しみ、拍手を送った。カーネギーメロン大学のジャレッド・コーン学長は、大学対抗戦チームの壮行会みたいだと言った。

発表を見ていると、どのチームがいちばんすばらしいかすぐにわかる。メンバーが固まって立っているときは絆があり、彼らのつくったバーチャル世界は鑑賞に値するだろう。

このクラスで僕がいちばんうれしかったのは、チームワークが成功の大切なカギになっていたことだ。学生たちがどこまで進歩できるか、彼らが夢を実現できるかどうか、僕にはわからなかった。僕がたしかに言えたことはひとつだけ——きみたちは一人では何もできなかった。

こうした試みをもう一段階、高められないだろうか。

演劇学教授のドン・マリネリと僕は、壮大な「ほら話」を実現させた。正式名称は「エンターテインメント・テクノロジー・センター（ETC）」（www.etc.cmu.edu）だが、僕たちは「夢を実現させる工場」と呼びたい。二年間の修士課程にアーティストと技術者が集まって、アミューズメントパークの乗り物やコンピュータゲーム、アニマトロニクスなど、思いつくかぎりのものを創造している。

良識のある大学はこんなアイデアに手を出そうとしないが、カーネギーメロン大学は、僕たちがまったく新しいものを創造する自由を与えてくれた。

ドンと僕は、アートとテクノロジーの融合の象徴だ。右脳と左脳が出会い、演劇屋と技術屋が手を組んだ。かなり違うタイプだから、互いに相手のレンガの壁になるときもあった。しかし僕たちはいつも、うまくやっていく方法を見つけてきた。そして学生は、僕たちの拡散的なアプローチの真髄を学んだ（性格の違う人と協力する手本にもなった）。

自由とチームワークが合わさると、ぞくぞくする刺激が生まれるのを感じる。企業もすぐに僕たちのプロジェクトに目をつけて、ETCの卒業生を三年間採用すると正式な文書を交わした企業もあった。つまり、僕たちがまだ受け入れていない学生まで採用すると約束したのだ。

ドンはＥＴＣの仕事の七〇%を引き受けてきたから、ＥＴＣの評判の七〇%以上は彼のものだ。ＥＴＣはオーストラリアと日本に研究拠点を開き、韓国とシンガポールに新しいキャンパスを設立する計画だ。僕は会うことのない大勢の学生が、世界中で、子供のころの突拍子もない夢を実現できる。すばらしいじゃないか。

人の夢をかなえるプロジェクト

他人の夢を実現させることには、さまざまな規模がある。『スター・ウォーズ』の世界を夢見たトミーとのような一対一の関係もある。「バーチャル世界の創造」（BVW）のクラスやエンターテインメント・テクノロジー・センター（ETC）のように、一度に五〇人や一〇〇人の夢を実現させるときもある。そして、大きな野心とある程度の厚かましさがあるなら、何百万人という人の夢を実現させようと挑戦することもできる。

その例として、カーネギーメロン大学が開発した教材用ソフトウエア、アリスの話をしたい。僕もその開発に参加する幸運に恵まれた。アリスを使えば、コンピュータを学びはじめた学生も――若い人も高齢者もだれでも――簡単にアニメーションを作成できる。3Dグラフィクスとドラッグ・アンド・ドロップを組み合わせたもので、初級のプログラミングが、より魅力的でストレスの少ないものになる。アリスはカーネギーメロン大学の公共サービスとして無料で提供されていて、すでに一〇〇万人以上がダウンロードしている。今後も利用者は順調に増えそうだ。

僕のなかで、アリスの規模は無限に広がっている。数千万人の子供がアリスを使って夢を追いかけるところまでは、いまの僕にも想像がつくのだけれど。

一九九〇年代はじめにアリスが導入されて以来、「頭のフェイント」を使ってコンピュータのプログラミングを教えている点が、僕はとても気に入っている。「頭のフェイント」では、何かを教えるときに、別のことを学んでいると思わせる。学生はアリスを使って映画をつくったり、テレビゲームをつくったりしていると思っているが、実際はコンピュータプログラマーになる勉強をしているのだ。

ウォルト・ディズニーがディズニーワールドに託した夢は、決して終わらないことだ。彼はディズニーワールドが永遠に成長しつづけ、変わりつづけてほしいと願った。同じように、僕の仲間が現在開発しているアリスの改良版が、これまで成し遂げてきたことを超える日を想像すると、僕はたまらなくわくわくする。いずれ、アリスを使って映画の脚本を書いているつもりが、実はプログラミング言語のＪａｖａを学んでいる、ということもできるようになるだろう。

開発プロジェクトはすばらしい才能たちの手で進んでいる。アリスの主任デザイナーのデニス・コスグローブは、バージニア大学時代の僕の教え子だ。やはり教え子のケイトリン・ケルハーも参加している。彼女は最初、アリスを見て言った。「プログラミングが簡単にできるのはわかるけれど、どこがおもしろいんですか?」。僕はこう答えた。「僕は典型的な男だから、小さなおもちゃの兵隊を自分の命令どおりに動かしたい。それがおもしろいんだ」

ケイトリンはどうすれば女子学生も楽しめるかを考え、物語をつくる行為に目をつけた。彼女は博士論文のために「ストーリーテリング・アリス」というシステムを設計した。

現在はワシントン大学(ミズーリ州セントルイス)でコンピュータサイエンスの教授を務める「ケルハー博士」は、画期的な方法で女子学生にプログラミングの基礎を体験させる新しいシステムを開発している。物語をつくる行為として示せば、女子学生は喜んでプログラミングを学び、大好きにさえなる。しかも、男子学生の興味が失せることもまったくない。だれでも物語をつくることが大好きで、人間に共通の要素のひとつでもある。したがって、ケイトリンには「頭のフェイント最優秀賞」を贈呈しよう。

旧約聖書のモーゼの話が、いまの僕にはよくわかる。約束の地カナンにたどり着きながら、モーゼは足を踏み入れることなく没したという。アリスを待ち受けるさまざまな成功について、僕はモーゼと同じ気持ちだ。

同僚や学生には、僕がいなくても前に進みつづけてほしい。彼らがすばらしいことを成し遂げると、僕は信じている（彼らの進歩についてはアリスの公式サイト〔www.alice.org〕で随時更新されている）。

大勢の子供がアリスを通して、おおいに楽しみながらむずかしいことを学ぶだろう。夢を実現するために役立つスキルを伸ばせるだろう。僕は死ななければいけなくても、仕事の遺産としてアリスがあることに慰められる。

だから、約束の地に足を踏み入れることができなくてもかまわない。ここからすばらしい眺めを楽しもう。

第5章
人生をどう生きるか

この章は、僕が僕の人生をどう生きてきたかという話
——言ってみれば、僕には役に立った「生きる知恵」だ。

自分に夢を見る自由を与える

人類がはじめて月面を歩いた一九六九年の夏、僕は八歳だった。そのころの僕は、僕たちみんなが、世界中の人が、大きな夢を見ることを許されていると思っていた。

その夏、僕はキャンプに参加していた。月着陸船が月面に到着すると、子供たちはテレビのある農家の母屋に集められた。宇宙飛行士は、はしごを降りて月面を歩く前に、長い時間をかけて準備をした。僕はわかっていた。たくさん道具があって、いろいろ確認しなくちゃいけないんだ。僕はじっと待っていた。

けれど、キャンプの監督者たちは時間を気にしていた。すでに夜の一一時をまわっていた。結局、月で賢明な判断が順番に下されているとき、地上ではばかげた判断が下された。子供は全員、テントに戻って寝かされたのだ。

僕はひどく腹を立てた。「人類が地球を離れて新しい世界に降り立とうとしているのに、寝る時間のほうが大切だなんて！」

人類が月面に立った日（わが家のテレビより、撮影：父）

数週間後に自宅へ帰ると、父が、ニール・アームストロングが月面に立った瞬間のテレビ画面を写真に撮っていた。息子が大きな夢を見るきっかけになると、父はわかっていたのだろう。

人類を月面に立たせるために費やした数百億ドルがあれば、地上の貧困と飢餓をどれだけ救えたかという主張は理解できる。でも、僕は科学者だ。インスピレーションは究極の道具になる。人間の限界を押し広げたとき、人間が直面する大きな問題を解決する可能性が見えるだろう。

自分に夢を見る自由を与えよう。あなたの子供の夢を応援しよう。そのために、ベッドに入る時間を過ぎていても、ときには大目に見てあげてほしい。

格好よくあるよりまじめであれ

僕はいつも、格好いい人よりまじめな人を高く評価する。格好いいのは一時的だが、まじめさは長つづきする。

まじめさは、かなり過小評価されている。まじめさは本質から生まれるのに対し、格好よさは表面で自分を印象づけようとするものだ。

まじめな人と言われて思い浮かぶのは、一生懸命に技能を身につけ、イーグルスカウトに昇格するボーイスカウトだ。僕のところで働きたい人を面接していて、イーグルスカウトだったという志願者に出会うと、必ず採用したくなった。格好いいことに流されそうな表面的な衝動にまさる、まじめさがあるからだ。

ファッションは、格好よく見せる商業的な仮装だ。僕はファッションにまるで関心がなく、新しい服もめったに買わない。昔のファッションが再び流行するのは、どこかのだれかが、僕のような人間なら買うかもしれないと思うからだ。

僕のワードローブに流行は必要ない

古い服が破れたら、新しい服を買いなさい。僕は両親にそう教わった。最後の講義で僕が着ていた服を見た人は、この言いつけを人生の指針にしていることがわかるだろう。

僕のワードローブは、格好よさとは縁がない。いたってまじめだ。最後までそれがちょうどいい。

ときには降参する

母は昔から僕を「ランドルフ」と呼ぶ。

大恐慌時代にバージニア州の小さな酪農家で育った母は、夕食に食べるものが足りるだろうかと思いながら暮らした。「ランドルフ」を選んだのは、伝統的なバージニアの名前っぽいと感じたからかもしれない。だから僕はその名前を認めようとせず、大嫌いだったのかもしれない。そんな名前を気に入る人がいるだろうか。

それでも母はランドルフと呼びつづけた。一〇代のとき、僕は母に抗議した。

「アイデンティティを守る僕の権利を踏みにじっても、その名前で呼ぶ権利があると本気で思うの？」

「ええ、ランドルフ、そう思っているわよ」

少なくとも、お互いの主張はわかった。

大学に入ると、母は「ランドルフ・パウシュ」宛てに手紙を送ってきた。僕は「こ

母と僕（写真には「ランドルフ」と書いてある）

の住所に該当者なし」と封筒に殴り書きをして、開封せずに送り返した。

おおいなる譲歩として、母は宛名に「R・パウシュ」と書くようになった。こうなると僕も開封した。でも電話で話すと、母は「ランドルフ、手紙は着いた？」と訊くのだった。

いまでは、長い闘いを経て、僕もあきらめている。母のさまざまな長所を理解して感謝しているから、僕を呼ぶたびに「ドルフ」をくっつけたくなるのなら、喜んで我慢しよう。つまらない根くらべをしていられるほど、人生は長くない。

時がたつにつれて、そして人生の最終期限が決められると、降参することが正しいことになるものだ。

不満を口にしない

あれこれ不満を言いつづけて人生を送る人が、あまりに多い。不満を言うことに費やすエネルギーの一〇分の一を、その問題を解決することにまわしたら、ものごとがいかにうまく進むか驚くだろう。僕はいつもそう信じてきた。

サンディ・ブラットは、僕の大学院時代の大家だ。彼が若いころ、トラックから荷物を降ろしていたとき、トラックがバックして突っこんできた。彼は後ろ向きで地下室まで階段を転げ落ちた。以来、サンディは両手両足が麻痺したままとなった。

昔のサンディはとても優秀なアスリートで、事故当時は婚約していた。婚約者の重荷になりたくないと考えた彼は言った。「きみはこんな僕と婚約したわけじゃない。取り消したいと思うなら、僕は理解する。穏やかな暮らしを選べばいい」。彼女はそうした。

僕たちが知り合ったとき、サンディは三〇代だった。彼はめそめそ言うなという強烈なオーラを発していた。一生懸命に努力して、結婚カウンセラーの資格をとっていた。結婚して養子をもらっていた。あるときサンディは、四肢麻痺だと手足を震わせることができないから、気温の変化はこたえるのだと話した。でも、同じ話は二度としなかった。寒ければ、「毛布をとってくれ」と言うだけだった。

不満を言わない人のなかで、僕にとってのヒーローは、メジャーリーグではじめてプレーしたアフリカ系アメリカ人選手ジャッキー・ロビンソンだ。彼は、現代の若者の多くが想像さえできないような人種差別に耐えた。自分が白人よりうまくプレーできるとわかっていたし、もっと一生懸命にならなければいけないこともわかっていた。だから彼は一生懸命にやった。たとえファンにツバを吐かれても、不満は言わないと誓っていた。

かつて、僕はオフィスにジャッキー・ロビンソンの写真を飾っていた。あまりに多くの学生が、彼のことをほとんど知らなくて残念に思った。カラーテレビを観て育った若者は、白黒のイメージにあまり目をとめないものだ。

ジャッキー・ロビンソンやサンディ・ブラットを考えればわかるように、不満を言っても何も始まらない。僕たちはみんな、時間もエネルギーも限られている。不満を言うために時間を費やすよりも、目標を達成することを考えたいじゃないか。

他人の考えを気にしすぎない

「自分はまわりからどう思われているのだろう？」

多くの人が一日のかなりの時間を、そうやって心配することに費やしている。他人が考えていることをだれも気にしなかったら、僕たちの生活と仕事の効率は三三％アップする（三三％という数字はどこから出てきたのかと訊かれると困るが、僕は具体的な数字が好きなのだ。だから三三％で話を進めよう）。

僕は自分の研究グループのメンバーに、必ずこう言っていた。

「僕が何を考えているか、心配する必要はない。いいことも悪いことも、考えていることはきみに教えるから」

つまり、僕が何かおもしろくないと思ったときは、遠慮なく口にする。たいてい率直に言うし、いつも気を配るわけではない。これにはいい面もある。僕が何も言わないときは何も心配しなくていいと、相手を安心させることができるのだ。

この方針は学生や同僚に評判がよく、彼らは「ランディは何を考えているのか」と気に病んで時間をむだにしなくなった。というのも、僕はもっぱら、「僕のチームはみんなより三三%も効率的な人がそろっている」と考えていたのだ。

チームワークの大切さを知る

人と一緒に仕事をするとき、僕はトランプをもって一緒に座っているところを想像する。僕なら自分のカードをすべて、表を上に並べてみんなに言う。「さあ、僕たちはグループとして、この手でどんなふうに勝負する？」

グループの一員としてうまくやれることは、仕事の世界でも家庭生活でも、とても重要で不可欠な能力だ。そのことを教えるために、僕はいつも学生にグループで課題に取り組ませる。

長年のあいだ、グループのダイナミクスを向上させることに、僕はしつこいくらいこだわってきた。講義の初回に学生を四人ずつのグループに分ける。二回目の講義では「グループでうまく活動するコツ」と題した一ページのプリントを配り、一行ずつ確認していく。なかにはレベルの低い話だと思う学生もいた。人とうまく付き合う方法なんか知っていると思っているからだ。そんなことは幼稚園で学んだ。僕の初歩的でささやかな助言は必要ない、と。

とはいえ、自覚のある大半の学生は、アドバイスを歓迎した。彼らは僕が基本を教えようとしていることに気づいた。グレアム監督がボールを使わずにフットボールを教えたのと、少し似ている。「グループでうまく活動するコツ」をいくつか紹介しよう。

初対面は礼儀正しく——すべては自己紹介から始まる。連絡先を交換しよう。名前の読み方も正確に覚える。

共通点を見つける——だれとでも何かしら共通点が見つかるものだ。共通点から始めれば、異なる部分の問題にもはるかに取り組みやすくなる。たとえば、スポーツは人種と財産の境界線を飛び越える。何も見つからなくても、天気の話は万国共通だ。

集まるときは最高の状態で——集まったときに空腹な人や寒がる人、疲れている人がいないように気をつける。できれば食事をしながら集まるといい。食べ物は場を和ませる。

全員が発言する――人の発言をさえぎって、かわりに最後まで言ったりしない。大声や早口でしゃべっても、内容がよくなるわけではない。

自意識は最初に封印――アイデアを出し合うときは、タイトルをつけて記録する。タイトルは、アイデアを考えた人ではなく内容を説明するものにしよう。「ジェインの話」ではなく「橋について」だ。

代案として問いかける――「Aをするべきだ、Bではダメだ」ではなく、「BのかわりにAをしたらどうかな？」と言ってみる。そうすれば相手は自分の選択を弁護するより、意見を述べやすくなる。

学生たちにささやかな助言をした最後に、僕は出欠をとった。「グループごとに呼ぶほうが簡単だ。グループ１は手を挙げて。グループ２は？」

それぞれのグループを呼ぶと手が挙がる。「ここで何か気づいた人は？」と訊いたが、だれも答えなかった。そこで僕は再びグループの出欠をとった。「グループ１

は？……グループ２……グループ３……」。教室のあちこちで再び手が挙がった。

学生の心をつかむために、安っぽい芝居が必要なときもある。僕は出欠をとりつづけ、ついに大声をあげた。「どうして友だちどうしで座っているんだ？　なぜグループごとに座ろうとしない？」

僕が大げさに怒っていることに気づいた学生もいたが、全員が真剣に耳を傾けた。「僕はいまから教室を出て、六〇秒後に戻ってくる。戻ってきたときはグループごとに座っているように！　わかったか？」

僕はさっさと外に出た。教室が混乱している音が聞こえてきた。学生は教科書をカバンにしまい、グループごとに座り直していた。

教室に戻った僕は、学生の知性や成熟さを侮辱するつもりはないと話した。彼らが単純なことを見過ごしていると、教えたかったのだ。パートナーとは一緒に座らなくてはいけない。そうすればグループで活動することの長所を確実に活かせるからだ。

次の授業から学期の終わりまでずっと、学生はいつもグループごとに座った（代返は通用しない！）。

人のいちばんいいところを見つける

これはディズニー・イマジニアリングの僕の英雄、ジョン・スノッディから、すばらしい表現で教わった助言だ。「十分に時間をかけて待っていれば、人はきみを驚かせて感動させるだろう」

だれかにいらいらしたり、腹が立ったりするのは、その人に十分な時間を与えていないだけかもしれない。

ジョンは僕に、この考え方はかなり忍耐が必要になるときもあると忠告した。何年も待たなければいけないかもしれない。

「それでも最後には、いいところを見せてくれるだろう。ほとんどすべての人に長所はある。とにかく待つことだ。いつか見えてくる」

何を言ったかではなく、何をやったかに注目する

娘のクロエはまだ一歳半だから、いまはこの助言を彼女に伝えることはできない。でも大きくなったら、僕のある女性同僚の言葉を知ってほしい。すべての若い女性にふさわしい言葉だ。僕が聞いてきたなかで、いちばんいい助言でもある。

「ずいぶん時間がかかったけれど、ようやく気づいたの。自分に言い寄ってくる男性がいたら、気をつけることは簡単。彼の言うことはすべて無視して、彼のすることだけに注意すればいいの」

そのとおりだよ、クロエ。

いずれディランとローガンにとっても、かなり役に立つアドバイスになるだろう。

決まり文句に学ぶ

「最初はうまくいかなくても、何度でも挑戦する」。これは決まり文句だ。

僕は決まり文句が好きだ。陳腐な言いまわしにも敬意を払っている。決まり文句が何回もくり返される理由は、もっともなことを言っている場合が多いからだ。

教育者は決まり文句を敬遠するべきではない。子供たちはその大半を知らないからだ。彼らははじめて聞く決まり文句に感動する。それを僕は教室でくり返し経験してきた。

連れて来てくれた人とダンスを踊る（＝恩義に報いる）――両親にいつも言われていたこと。卒業パーティーの夜だけでなく、さまざまな場面に当てはまる。ビジネスや学問の世界、そして家庭でも信条とするべきだ。忠誠心と感謝の気持ちを思いださせてくれる。

幸運は、準備と機会がめぐりあったときに起こる——紀元前一世紀に生まれた古代ローマの哲学者、セネカの言葉。少なくともあと二〇〇〇年は語り継ぐ価値がある。

自分にできると思っても、できないと思っても、それは正しい——僕が新入生に必ず言うオリジナルの言葉。

ポップカルチャーの決まり文句にも、僕のお気に入りはたくさんある。僕は子供たちがスーパーマンを観ていても、アニメの観すぎだとかは気にしない。スーパーマンが強くて空を飛べるからではなく、彼が「真実と正義とアメリカン・ウェイ（アメリカ流の生き方）」を守るために戦うからだ。僕はこの台詞が大好きなのだ。

映画の『ロッキー』も好きだ。あのテーマ曲も。一作目でいちばん気に入っているのは、物語の最後の試合で、ロッキーが勝ち負けを気にしていないこと。KO負けだけはしたくない、それが彼の目標だ。僕が治療でいちばんつらい時期も、ロッキーが励ましてくれた。どれだけ強いパンチを打つかじゃない、どれだけ強いパンチを食らうかだ。前に進みつづけろ。

言うまでもなく、僕がいちばん好きなのはフットボールにまつわる決まり文句だ。僕はよく、フットボールをトスしながらカーネギーメロン大学の廊下をうろうろしていた。そうしていると考えごとをしやすい。その姿を見慣れていた同僚は、フットボールにまつわる決まり文句にも僕が同じ効果を求めていたことを知っているだろう。ただし、学生のなかにはとまどう人もいた。彼らがコンピュータアルゴリズムについて議論しているときに、僕がフットボールの話を始めるのだから。そんなとき僕は言った。

「フットボールの基礎を学ぶほうが、新しい人生訓を学ぶより簡単だろう？」

「最初のペンギン」になる

経験とは、求めていたものを手に入れられなかったときに、手に入るものだ。

これは、僕が長期研究休暇《サバティカル》を過ごしたコンピュータゲーム制作会社エレクトロニック・アーツで学んだことだ。頭からずっと離れず、学生にもくり返し話してきた。レンガの壁にぶつかったときはいつも、失望したときはいつも、考える価値のある言葉だ。失敗は歓迎できるだけでなく、必要不可欠なのだと思いださせてくれる。

「バーチャル世界の創造（ＢＶＷ）」のクラスでは学生に、むずかしいことに挑戦して失敗を怖れるなと励ました。そして学期が終わるときに、学生のグループのひとつにペンギンのぬいぐるみを贈呈した。最大のリスクをおかして新しいアイデアや技術に挑戦したが、当初の目標を達成できなかった「最初のペンギン賞」だ。いわば「名誉ある失敗賞」で、型にとらわれない考え方と、想像力を大胆に使ったことを称える。つまり「最初のペンギン」の受賞者は、あとできっと成功する敗者なのだ。

賞の名前には、捕食者が待ちかまえているかもしれない海にペンギンが飛びこむとき、最初に飛びこむペンギンは新しいことに挑戦する勇気がある、という意味をこめている。

ほかにも学生に必ず話してきたことがある。エンターテインメント業界には、失敗したプロジェクトが数えきれないほどあるということだ。家を建てれば、すべての家が完成して、だれかが住めるようになる。ただし、テレビゲームは市場調査や開発途中で頓挫するときがある。発売されても、だれも遊びたいと思わないときもある。もちろん、成功したゲームクリエイターはかなり高く評価される。でも、失敗したクリエイターも評価される――成功した場合以上に評価されるときさえある。

新興企業は、過去に新しい事業で失敗した経験のある最高経営責任者を雇うことが多い。失敗したことがある人は、たいてい失敗を回避する方法を知っている。成功しか知らない人のほうが、落とし穴に気がつきにくいものだ。

もう一度くり返そう。

経験とは、求めていたものを手に入れられなかったときに、手に入るものだ。そして経験は、きみが提供できるなかで、たいていもっとも価値のあるものだ。

相手の視点に立って発想する

僕の教えた学生には、驚くほど賢い人がたくさんいる。彼らが社会に出て見事なソフトウエアをつくり、アニメーションのプロジェクトやエンターテインメント機器の開発で活躍することはわかっていた。そして、その過程で彼らがたくさんの人をいらだたせる可能性があることもわかっていた。

僕たちエンジニアやコンピュータサイエンス学者は、使いやすいものをつくることをいつも考えているわけではない。複雑な仕事を簡潔に説明することが、ひどく下手な人も多い。ビデオデッキの取扱説明書を読んだことがある人なら、僕の言いたいことがよくわかるだろう。

だからこそ僕は学生に、自分たちが創造しているものを実際に使う人の立場に立って考えることの大切さを、心に刻みこんでほしい。人をいらだたせるテクノロジーをつくらないことがいかに重要か。それを学生に忘れさせないために、僕は一芝居うった。

　バージニア大学で「ユーザー・インターフェイス」のクラスを教えていたとき、初日に故障していないビデオデッキをもっていった。デッキを教室の前の机に置いて、大きなハンマーをとりだし、デッキをたたき壊した。

「使いにくいものをつくれば、人々は怒る。あまりに頭に来て、それを壊したくなる。人々が壊したくなるものをつくりたくはないでしょう」

　学生たちは僕の顔を見ていた。彼らが衝撃を受けて、困惑して、どこかおもしろがっているのが手にとるようにわかった。

　バージニア大学時代の教え子たちは、いまは社会で働いている。新しいテクノロジーを創出しようとしている彼らが、ハンマーを打ち下ろした僕をときどき思いだして、いらいらした大衆が簡潔さを切望していることを忘れずにいてほしい。

「ありがとう」を伝える

感謝の気持ちを示すことは、人間がだれかのためにできるいちばん簡潔で、いちばん力強いことのひとつだ。効率性を愛してやまない僕も、礼状は、ペンと紙を使った昔ながらの書き方がいちばんだと思っている。

就職の面接官や入試担当者のもとにはたくさんの志望者が集まる。成績優秀で数多くの実績を誇る履歴書も山ほど読む。ただし、手書きの礼状はそれほど来ない。

あなたの成績がBプラスだったら、手書きの礼状を書けば、未来の上司や入試担当者には成績が少なくとも一割増しに見えるだろう。彼らにとって、あなたの成績はAと同じ。しかも手書きの手紙は最近ではかなりめずらしいから、彼らはあなたのことを覚えているだろう。

このアドバイスは計算高くふるまえという意味ではないのだが、文字どおりに受けとめる学生もいた。僕が学生に気づいてほしいのは、人は敬意と思いやりに満ちたことをすることができて、それが相手に感謝され、いい結果を生むときもあるということだ。

たとえば、以前にある若い女性がカーネギーメロン大学のエンターテインメント・テクノロジー・センター（ＥＴＣ）に志願した。彼女はディズニーのイマジニアになるという大きな夢をもっていた。成績も入試の結果も履歴書も優秀だったが、ＥＴＣの厳しい選抜基準には足りなかった。彼女の書類を「不合格」の山に分ける前に、僕はもう一度、目を通そうと思った。そのとき、書類のあいだに手書きの礼状がまぎれこんでいるのを見つけた。

礼状は僕に宛てたものでも、共同所長のドン・マリネリやほかの教員に宛てたものでもなかった。彼女がセンターへ来たときに手続きを手伝った、事務スタッフへの礼状だった。そのスタッフは選考に影響力がなかったから、ゴマすりの手紙ではなかった。ほんの短い礼状を受けとった人が、彼女の知らないところで、志願書類のあいだに偶然まぎれこませてしまったのだ。数週間後、僕がたまたまそれを見た。

彼女の感謝の表し方を思わぬかたちで知った僕は、しばらく考えた。手書きの礼状だ。そこが気に入った。「この礼状は、彼女のどの書類より多くを物語っている」と、僕はドンに言った。僕は彼女の資料を読み直し、彼女にはチャンスを与える価値があると思った。ドンも賛成した。

彼女はETCで修士号を取得して、現在はディズニー・イマジニアとして働いている。

僕の人生で現在起こっていることや、治療の状況にもかかわらず、僕はいまでも手書きの手紙を書いたほうがいいときはそうしている。だれかの郵便受けにそれが届いたあとに、どんな魔法が起こるかはだれにもわからない。

忠誠心は双方向

一九九〇年代前半にバージニア大学の学部生だったデニス・コスグローブは、僕の研究室の有力なメンバーだった。オペレーティング・システムのクラスでは授業助手を務め、大学院レベルのコースも履修していた。そして成績はAばかりの優等生だった。

正確には、ほぼすべてAだった――F（落第）をつけられた計算法3のクラスを除いては。彼に能力がなかったからではない。コンピュータの勉強と、授業助手の仕事と、僕の研究室でのアシスタントの仕事に熱中しすぎて、計算法のクラスに出席しなくなっただけだ。

新学期が始まって二週間後、ある学部長がデニスの極端な成績に目をとめた。その学部長に言わせれば、Fの成績は、能力ではなく態度の問題だという。彼はデニスを除籍しようと思った。僕は、自分の学生のために立ち上がった。「デニスは翼のない強力なロケットです。僕の研究室の期待の星です。いますぐ彼を追いだしたら、僕たちはすべての目的を見失います。僕たちがここにいるのは、教えるため、育てるためではないですか。デニスを放りだすなんてできません」

僕はさらに強く出た。大学はデニスが学費を払った小切手を現金化している。つまり、大学は彼を歓迎すると伝えたのと同じことだ。新学期が始まる前に除籍していれば、彼は別の大学に志願することもできたが、もう遅すぎる。

「この件で彼が弁護士を雇ったらどうしますか？　僕は彼のために証言するかもしれませんよ。教授の一人が大学と対立して証言してもいいんですか？」

学部長は面食らった。「きみは新参の教授じゃないか。まだ終身在職権もない。なぜ危険を冒してまで、こんな論争を挑むのか」

「理由は簡単です。僕はデニスを信じているから、彼という人間を保証したいんです」

学部長はしばらく僕を見ていた。「きみの終身在職の話が出たときまで、この件は覚えておこう」。つまり、デニスがまたしくじったら、僕の査定はおおいに影響を受けるということだ。

デニスは計算法3の単位を取得して、僕たちみんなの誇りとなり、卒業後はコンピユータサイエンス界で数々の賞を受賞している。大学以来ずっと、彼は僕の人生の一部であり、僕の研究の右腕だ。アリスの開発プロジェクトを立ち上げたときのメンバーでもある。

僕は二一歳のデニスのために闘った。現在三七歳のデニスは、僕のために闘おうとしている。僕はアリスの将来を彼に託した。研究者として、僕が仕事で遺した遺産を設計して実用化してほしい。

僕は、デニスが必要としていたときに彼が夢を実現できるように助けた。

そしていま、僕が必要としているときに、彼は僕の夢の実現を手助けしてくれている。

ひたむきに取り組む

僕は普通より一年早く終身在職権を認められた。それはほかの若手を感心させたようだ。「早かったじゃないか。秘訣を教えてくれよ」

そう言われて僕は答えた。「簡単なことだよ。金曜日の夜一〇時に僕のオフィスに電話してくれ。そうしたら教えるから」（もちろん、当時の僕にはまだ家庭がなかった）

近道を探す人はたくさんいる。僕は、最高の近道は長くかかることを知っている。一生懸命にやること、それだけだ。

僕の考えでは、人より長い時間働けば、それだけ多くのことを学べる。より効率的になり、有能になり、幸せにさえなれる。一生懸命にやることは、銀行口座に複利がつくようなものだ。見返りは、より早く貯まる。

同じことは仕事以外の人生についても言える。大人になってからずっと、僕は長年連れ添っている夫婦に、どうすれば結婚をつづけられるのかと訊かずにはいられなかった。答えはみんな同じだ。

「一生懸命にやってきたから」

人にしてもらったことを人にしてあげる

バージニア大学で終身教授になってまもなく、研究チームの一五人全員を一週間、ディズニーワールドに招待した。僕なりの感謝の気持ちだった。

ある教授仲間が僕を脇に呼んで言った。「ランディ、どうしてそんなことをするんだい?」。おそらく、もうすぐ終身教授になる候補者たちが真似したくない前例を、僕がつくっていると思ったのだろう。

「どうしてだって? そんなことを? 彼らは休む間もなく働いて、僕のために世界一の成果を挙げてくれた。そんなことをしない理由があるか?」

こうして僕たち一六人は、一台のマイクロバスに乗ってフロリダをめざした。旅は盛り上がり、今回の遊びから何かを学べるはずだと僕は確信していた。途中でさまざまな大学に寄ってコンピュータの研究グループを訪ねた。

ディズニー旅行は、感謝の気持ちとして伝えやすかった。目に見える贈り物であり、僕が大切にしている人たちと一緒に経験できる完璧な贈り物だった。

ただし、だれにでも簡単に感謝を伝えられるわけではない。

僕の偉大な恩師の一人、アンディ・ファン・ダムは、僕がブラウン大学で学んでいたときのコンピュータサイエンスの教授だ。彼は僕に賢明な助言をくれた。僕の人生を変えた。彼にはまだ十分なお返しができていない。ツケはこれから払わなければ。

学生にはいつも、「だれかにしてもらったことを、だれかにしてあげなさい」と話してきた。バスでディズニーワールドをめざし、学生たちと彼らの夢や目標について語りながら、僕はその言葉を実践しようと最善の努力をした。

お願いごとにはひと工夫を

大学教員の仕事として、論文の批評をとりまとめたことがある。論文を読むのは退屈で眠くなる。そこで僕はあることを思いついた。教授たちに論文の批評を依頼するとき、ガールスカウト・シン・ミンツのクッキーを一箱添えて送ったのだ。「引き受けてくださってありがとうございます」と、僕は手紙に書いた。「同封のクッキーはお礼です。ただし、批評がすむまで食べないようにしてください」

これには教授たちの顔もほころんだ。電話をかけてしつこく催促する必要はなかった。教授たちの机にはクッキーの箱がある。それを見れば、自分が何をしなければいけないかわかった。

念押しのメールを送るときも簡単だ――「もうクッキーは食べましたか?」

クッキーはすばらしいコミュニケーションの道具になる。仕事をきちんと片づけたあとは、甘いごほうびにもなる。

準備を怠らない

自分がどんな状況に立たされてもいいように準備をしておかなければならないと、僕はいつも思ってきた。家を出るときは、何をもって行くか考える。講義のときは、どんな質問が出るか考える。そして、僕のいない家族の将来に備えるために、どんな記録を残しておけばいいだろうか。

母は、僕が七歳のとき食料品店に連れて行ったときのことを覚えているという。レジの前で、母は買い忘れがあることに気がついた。僕をカートのそばに残し、「すぐに戻るから」と言って、母は急いで必要なものをとりに行った。

母がいなかったのはほんの数分だった。でも、そのあいだに僕はカートの商品を残らずベルトの上に並べ、レジも打ち終わった。僕は一人ぼっちでレジの人を見つめ、彼女も僕を見つめた。彼女は僕をちょっとからかってやろうと思ったのだろう。

「お金はもっているの？　払ってもらわないとね」

彼女がふざけているだけなのかどうか、僕にはわからなかった。そこに突っ立ったまま、恥ずかしくてたまらなかった。

戻ってきた母に、僕は怒りをぶつけた。「お金をもたせないで僕を置いていくなんて！　この人に払ってくれって言われたけど、何も渡せなかったんだから！」

大人になったいま、僕の財布には必ず二〇〇ドル以上入っている。必要なときに払えるようにしておきたいからだ。もちろん、財布をなくしたり、盗まれたりもするだろう。一方で、必要なときに手持ちの現金が足りなかったら、はるかに大きな問題になりかねない。

やたらと備えがいい人を、僕はいつも尊敬している。大学時代にノーマン・マイロヴィッツという同級生がいた。ある日、彼が発表していた最中にプロジェクターの電球が割れた。だれかが新しいプロジェクターを見つけてくるまで、一〇分は待たされそうだった。

「だいじょうぶ」と、ノーマンは即座に言った。「何も心配はいらない」

僕たちが見守るなか、彼は自分のナップザックのところへ歩いて行き、何かをとりだした。電球の予備をもっていたのだ。

指導教授のアンディ・ファン・ダムが、たまたま僕の隣に座っていた。彼は身を乗りだして言った。「この男は出世するぞ」。そのとおり、ノーマンはマクロメディア社の経営トップになった。彼の努力は、今日インターネットを使っているほぼすべての人に恩恵をもたらしている。

準備をするもうひとつの方法は、否定的に考えることだ。

もちろん、僕はかなりの楽観主義者だ。それでも何か決断を下すときは、よく最悪のシナリオを想像する。僕はこれを、「オオカミに食べられるかもしれない可能性」と呼んでいる。何かをするとき、起こりうるなかで最悪のことは何か。オオカミに食べられる可能性はあるだろうかと、考えるのだ。

楽観的になれる理由のひとつは、不測の事態に備えているからだ。僕が心配していないことはたくさんある。そのことが起きたときのために心積もりがあるからだ。「荒野に分け入るときに頼りにできるものは、自分がもって行ったものだけだ」と、学生にもよく話している。もちろん、家やオフィスは荒野とは縁がない。だからお金をもち歩こう。修理用具を身近に置いておこう。オオカミが来た場合を想定しよう。準備を怠るな。

謝るときは心から

謝罪には、合格不合格はない。謝るときは、成績Aより少しでも劣れば通用しない。

中途半端な謝罪や誠意のない謝罪は、たいていの場合、まったく謝罪しないより悪い。心のこもらない謝罪をされた側は、侮辱されたと感じるからだ。他人との関係で何かまちがいをおかしたときは、人間関係が病原菌に感染したようなものだ。よい謝罪は抗生物質として効くが、悪い謝罪は傷口に塩を塗りこむのと同じだ。

僕のクラスはグループ活動が不可欠で、学生どうしのもめごとは避けられない。自分の分担を果たさない学生もいれば、うぬぼれが強くてパートナーを軽視する学生もいる。学期も半分を過ぎるころには、謝罪も板についてくるものだ。学生がふさわしい謝罪をできなければ、何もかも収拾がつかなくなる。そこで、僕は謝罪の簡単な手順を学生に話すときも多い。

まず、悪い謝罪の典型は次のとおり。

1「僕のしたことであなたが傷ついたなら、申し訳ない」（相手の感情をなだめようとしているが、傷口に薬を塗るつもりがないことは明らかだ）

2「僕のしたことは謝る。でも、あなたも自分のしたことを謝るべきだ」（これは謝罪しているのではなく、謝罪を求めている）

適切な謝罪には三つの要素がある。

1　自分はまちがったことをした
2　あなたを傷つけたことを申し訳なく思っている
3　この状況を改善するためにどうすればいいか

自分が謝罪しても相手が謝罪しないときはどうすればいいかと、たずねる学生もいる。そんなとき、僕は彼らに言う。「きみにはどうしようもないことだから、きみが悩む必要はない」

相手もあなたに謝るべきなのに、あなたの謝罪の言葉が適切で心のこもったものでも、相手はしばらく何も言ってこないときもあるだろう。しかし、あなたと同じタイミングで相手も謝罪する気持ちになってくれることは、まずないだろう。忍耐強くなることだ。僕は大学でずっと、ある学生が謝罪した数日後に、仲間の機嫌が直るという場面を見てきた。忍耐は理解されるし、報われるのだ。

誠実であれ

真実を語ること——どんなときも。僕は、「自分の言った約束は守りなさい」と両親に教わった。それ以上に簡潔なアドバイスはない。

正直であることは、道徳的に正しいだけでなく効率的でもある。だれもが真実を言う社会になれば、ものごとを再確認する時間を大幅に節約できる。バージニア大学で教えていたころ、学生が病気になって再試験をすることになっても、僕は新たに試験問題をつくる必要はなかった。学生が試験についてだれとも話していないと「誓う」だけで、僕は最初と同じ試験を受けさせた。

人はさまざまな理由で嘘をつく。たいていは、少ない努力で何かを得られそうに思えるからだ。でも、短期的な戦略の多くは、長期的には非効率的だ。嘘をついた人の大半は、その場で切り抜けたと思っている。でも実際は、嘘をついても終わりではない。

子供のころの夢を思いだす

僕を知っている人たちは、僕は何でも白黒をつけたがると不満を言うときがある。ある同僚はこんなふうに言っていた。「白か黒かの助言がほしければランディのところに行けばいい。ただし、グレーの助言がほしいなら彼はだめだ」

自分でもわかっている。そのとおりだ。とくに若いころはそうだった。僕はよく、自分のクレヨンの箱には二色しかないと言っていた。白と黒だけ。だから僕はコンピュータサイエンスが好きなのだろう。コンピュータサイエンスでは、ほぼすべてのことが○か×で決まる。

しかし歳をとるにつれて、クレヨンの箱には二色以上、入っているほうがいいのかもしれないと認めるようになった（それでもいまだに、人生を適切に生きていけば、白と黒のクレヨンが中間色より早くなくなると思っている）。

いずれにせよ、どんな色にせよ、僕はクレヨンが大好きだ。僕はよくシャツのポケットにクレヨンを一本、忍ばせている。鼻の下にもっていけば、子供のころの気持ちがよみがえる。

あなたもクレヨンをもって、目を閉じ、その手触りを味わってほしい。クレヨンをくるんでいる紙やロウを感じてみよう。それからクレヨンを鼻の下にもっていき、たっぷり匂いをかぐ。クレヨンの匂いで子供のころの夢を思いだすだろう。

思いやりを示す

僕が一二歳、姉が一四歳のとき、家族でオーランドのディズニーワールドに行った。両親は、少しくらい僕たちから目を離して自由に遊ばせても、だいじょうぶな年齢だと思った。気をつけなさいと念を押され、一時間半後に待ち合わせる場所を決めて、僕たちは解放された。

どんなに興奮したことか！　想像できるかぎり最高にクールな場所に来ていて、自由に探検できるのだ。両親がディズニーワールドに連れて来てくれたことも、十分に大きくなったから二人だけにしてだいじょうぶだと認めてくれたことも、本当にうれしかった。

僕たちは土産物店に行き、両親にとって完璧だと思うプレゼントを選んだ。セラミック製の塩コショウ入れで、一本の木に二頭のクマがぶらさがり、容器を一個ずつもっている。一〇ドルの代金を払い、店を飛びだして、メインストリートをスキップしながら次のアトラクションを探した。

そのとき恐ろしいことが起こった。プレゼントの包みが僕の両手からすり抜けたのだ。落ちた衝撃で中身が割れた。姉と僕は泣きだした。

一部始終を見ていたある大人の客が、僕たちのところに来た。「お店にもって行きなさい。きっと新しいのと交換してくれるわよ」

「そんなことできないよ。僕がいけないんだ。僕が落としたんだ。お店の人が新しいのをくれるはずがないよ」

「いいから行ってみなさい。頼んでみないとわからないでしょう?」

僕たちは店に戻り、起こったことをありのままに説明した。店員は僕たちの悲しい物語を聞き、微笑んで――新しいものをもって帰りなさいと言った。しかも、最初の包装が十分でなかったのは自分たちが悪いのだとまで言ったのだ。

「たとえ二〇歳の人が興奮しすぎて落としても割れないくらい、しっかりお包みしなければいけませんでしたね」

僕はびっくりした。感謝しただけでなく、信じられなかった。姉と僕はすっかり舞い上がって店を出た。

一連の事情を聞いた両親は、ディズニーワールドに対する感謝の思いをさらに強くした。

実際、一〇ドルの塩コショウ入れをめぐる顧客サービスの判断は、ディズニーに一〇万ドル以上の利益をもたらすことになった。

そのしくみを説明しよう。

何年もたってから、僕はディズニー・イマジニアリングのコンサルタントとして、ディズニーの指揮系統のかなり上位にいる重役たちと雑談するようになった。そのたびに機会を見つけては、塩コショウ入れの話を披露した。

両親はボランティア活動の一環として、ディズニーワールドを訪れるようになった。二二人乗りのバスを借り、メリーランド州で英語を第二言語として学ぶ子供たちを連れて行く。二〇年以上のあいだ、父は子供たちに何十枚とディズニーワールドの入場券を買った。その遠足の大半に僕は同行した。

あの日以来、僕たち家族は自分たちやほかの人の入場券と食事、お土産代として、ディズニーワールドに総額一〇万ドル以上をつぎこんできたのだ。

この話を現在のディズニーの重役にするときは、いつも最後にこうたずねる。

「僕の連れて行った子供が、壊れた塩コショウ入れを店にもって行ったら、現在の方針では従業員が交換してくれますか？」

その質問に重役たちはとまどう。答えはわかっているからだ――たぶん無理だろう。

理由は、彼らの会計制度では、一〇ドルの塩コショウ入れが一〇万ドルの利益を生むかもしれないという計算ができないからだ。現在の子供は幸運に恵まれず、手ぶらで店から出されることは簡単に想像できる。

利益と損失を計算する方法はひとつではない。あらゆるレベルで、組織は思いやりを示すことができる。

母は、あの一〇万ドルの塩コショウ入れをまだもっている。ディズニーワールドの人が新品をくれた日は、僕たちにとってすばらしい一日となった。ディズニーにとっても悪い日ではないだろう！

自分に値しない仕事はない

最近の若い世代に特権意識が広まっていることについては、以前から広く語られている。僕も教室で実際に目撃してきた。

卒業を控えた学生の多くは、自分の卓越した独創力が評価されて就職できるはずだと思っている。そしてあまりに多くの学生が、底辺から始めることに不満を感じている。

そんなとき、僕はいつもこう助言する。「郵便を仕分けする仕事に決まっても、心から喜ぶべきだ。仕分け室に行ったら、やるべきことはひとつ。郵便の仕分けの達人になることだ」

「郵便の仕分けは自分の能力に値しない仕事だから、うまくできません」という言い訳は、だれも聞きたくない。自分に値しない仕事などない。郵便を仕分けできない（しようとしない）なら、ほかの仕事ができるという証拠がどこにあるのか。

エンターテインメント・テクノロジー・センター（ETC）の学生がインターンとして企業で働き、あるいは卒業して最初の就職をすると、企業に彼らの仕事ぶりを報告してもらっている。上司は、新入りの能力や技術的な才能について否定的なことはほとんど言わない。否定的な評価がある場合、そのほぼすべては、いかにうぬぼれているかというものだ。

僕は一五歳のとき、イチゴ農園で畑を耕す仕事をした。一緒に働いている大半は日雇い労働者だったが、夏休みに小遣い稼ぎをする教師も二、三人いた。僕は父に、農園の仕事はあの教師たちに値しないという意味のことを言った（自分にも値しないとほのめかしていたのだろう）。

父はめちゃくちゃに怒った。肉体労働はだれにとっても、「値しない」仕事などではないと思っていたからだ。父は僕に、デスクでふんぞり返るエリート主義者になって漫然と生きていくより、必死に働いて最高の肉体労働者になってほしいくらいだと言った。

イチゴ農園の仕事はつづけたが、好きにはなれなかった。でも、父の言葉が頭にこびりついていた僕は、自分の態度に気をつけて、前より少し一生懸命に耕した。

自分の常識にとらわれない

「ところで教授クン、私たちのために何ができるの？」

長期研究休暇《サバティカル》を利用してディズニーで働くことになったとき、僕のお守りを任された二七歳のイマジニア、M・K・ヘイリーは僕にそう挨拶した。

学問の実績が、まったく意味をもたない世界だった。外国を訪れた旅行者が、少しでも早く現地の通貨の数え方を覚えようとしているようなものだった。

イマジニアになるという子供のころの夢は実現したが、僕は研究室の最高権力者から、荒々しい池に放りこまれたはぐれ鳥になっていた。僕の学者らしい退屈なやり方を、のるかそるかのクリエイティブ文化に合わせる方法を見つけなくてはならなかった。

僕が参加したのは、エプコット・センターで試運転をしていたアラジンのバーチャルリアリティ・アトラクションのチームだった。僕たちは試乗したゲストに乗り心地を訊いた。めまいがしたか？　方向感覚を失ったか？　吐き気がしたか？
新しい同僚の何人かが、僕は現実社会では通用しない学問的な価値観を当てはめようとしていると不満を言った。データ分析に集中しすぎて、感情より科学的なアプローチに固執しすぎだという。筋金入りの学問社会（僕）と、筋金入りのエンターテインメント（彼ら）の対立だった。しかし、アトラクションの乗り方を何通りかに分けて一人当たりの所要時間を二〇秒短縮する方法を僕が考えついたあとは、僕を疑っていたイマジニアたちからある程度の信頼を得た。

この話をするのは、文化の境界線をまたぐときに敏感にならなければいけないことを強調するためだ。学生の場合、学校から最初の仕事へと境界線をまたぐ。

長期研究休暇が終わるときには、イマジニアリングからフルタイムで働いてほしいと誘われた。かなり苦悶した末に断った。教職に戻りたいという思いが強かったのだ。でも、学問とエンターテインメントの両方を渡り歩くコツを見つけた僕に、ディズニーは彼らとの関係をつづける道を探した。僕は週一日勤務でイマジニアリングのコンサルタントとなり、一〇年間楽しく務めた。

二つの文化を歩くことができれば、両方の世界のいいところを手にできるときもある。

決してあきらめない

高校卒業を控えた僕はブラウン大学に志願したが、すんなりとは合格しなかった。順番待ちリストに載せられた僕は、大学が僕を入学させてもいいだろうと思うまで、入試事務局に問い合わせつづけた。僕がどんなに入学したいか、彼らもわかったのだ。僕は粘り強さでレンガの壁を乗り越えた。

ブラウン大学を卒業するころは、大学院に進むなど考えもしなかった。僕の家族はみんな教育を受けて、仕事に就いた。学問をつづけた人はいなかった。

でも、僕が大学で教わっていたアンディ・ファン・ダムが言った。「博士号をとりなさい。教授になるといい」

「どうして僕が？」

「きみはセールスマンの才能があるから、企業に勤めたらセールスマンとして働かされるだろう。どうせセールスマンになるなら、それだけの価値のあるものを売るんだ

――教育をね」

あのときの助言に僕は生涯、感謝している。

アンディは、彼のいちばん優秀な教え子が代々進んでいるカーネギーメロン大学を勧めた。「入れるだろう。問題ない」

カーネギーメロン大学の教授陣は、アンディの情熱的な推薦状を読んだ。僕のそこそこの成績と、ぱっとしない大学院進学適正試験の結果も見た。

そして、僕の入学を拒否した。

ほかの大学の博士課程にはいくつか合格したが、カーネギーメロン大学は僕をほしがらなかったのだ。僕はアンディのオフィスに行き、不合格の通知を机の上に放り投げた。「カーネギーメロンがあなたの推薦をどれだけ高く評価しているか、あなたにも知っておいてほしくて」

不合格の通知がデスクに落ちた瞬間に、彼は受話器をとった。「なんとかする。きみを入学させる」

僕は彼を止めた。「そんなこと、してほしくありません」

合格した大学院についても調べたが、自分にはまるで合わないとわかった。僕はアンディに、大学院はあきらめて仕事を探すと言った。

「ダメだ、ダメだ。きみは博士号をとらなくてはいけない。そしてカーネギーメロンに行かなくちゃいけない」

アンディは受話器をとり、カーネギーメロン大学のニコ・ハーバーマンに電話をかけた。ニコはコンピュータサイエンス学部の学部長で、オランダ人でもあった。二人はしばらくオランダ語で僕について話し合い、アンディは受話器を置いて言った。

「明日の朝八時に彼のオフィスに行きなさい」

ニコは堂々とした人だった。昔ながらのヨーロッパ風の学者だ。彼が僕に会った理由は、友人の頼みだからというだけであることは明らかだった。学部はすでに僕の評価を決めたのに、どうして自分が僕の入学を検討し直さなくてはいけないのか。そう訊かれて、僕は慎重に言葉を選びながら言った。

「入学審査のあと、海軍研究事務所の研究奨励金をもらえることになりました」

「お金があるかどうかは、わが校の入学基準に関係ない」と、ニコはおごそかに言った。「わが校の学生には研究助成金から資金を出す」

そして彼は僕をにらみつけた。正確には、僕を通り越して、その先をにらんでいた。

だれの人生にも、決定的な瞬間がいくつかある。あとから考えて、あのときがそうだったと言える人は幸運だ。僕はそのとき、これが人生のカギを握る瞬間だとわかった。ありったけの若さと傲慢さを奮い起こして言った。

「申し訳ありません、お金の問題だと言うつもりはありませんでした。全国で一五人にしか認められない奨励金なので、ここで述べるのにふさわしい名誉だと思ったのです。お気に障ったのなら謝ります」

僕にはそう答えるしかなかったが、それは真実でもあった。ニコの凍りついた表情がゆっくり、かなりゆっくりとほぐれ、僕たちは数分間、話をした。

さらに数人の教員と面談して、とうとう入学を許され、僕はカーネギーメロン大学で博士号を取得した。恩師の思いと率直な嘆願に後押しされて、乗り越えたレンガの壁だった。

最後の講義の日まで、カーネギーメロン大学に不合格になったことは、カーネギーメロンの学生にも同僚にも一度も話さなかった。僕は何を怖れていたのだろう。彼らの仲間になれるほど優秀ではなかったと、思われることを心配したのか。バカにされるだろうと思ったのだろうか。

人生の最後になって打ち明ける気になった秘密がこれとは、おもしろいものだ。

この話はもっと前に学生たちにするべきだった。どうしてもほしいものがあるときは、決してあきらめてはいけない。助けてくれる人がいるなら、力を借りればいい。

壁がそこにあるのは、理由があるからだ。そして壁を乗り越えたあとは――たとえだれかに投げ上げてもらったのだとしても――自分の経験を話せば、きっとだれかの役に立つ。

責任を引き受ける

アメリカという国は、権利をかなり重視する。そうあるべきだが、責任を語らずに権利を語っても意味がない。権利は共同体から発生し、その見返りに僕たち全員は共同体に責任を負う。これを「共同体主義」と呼ぶ人もいるが、僕は常識と呼ぼう。

この権利と義務の関係を、多くの人が忘れている。僕は二〇年間の教員生活で、この関係を理解していない学生がどんどん増えていることに気がついた。

僕は学期のはじめに必ず、学生の責任と権利をまとめた協定に署名を求めた。彼らはグループで建設的に課題に取り組み、決められたミーティングに出席して、仲間と相互評価をするために協力しなければならない。その見返りとして、彼らは授業に出席し、課題を批評されて発表する権利を得る。

この協定にためらう学生もいた。僕たち大人が、いつも共同体主義の手本であるとはかぎらないからだろう。たとえば、僕たちは陪審裁判を受ける権利があると信じている。でも多くの人が、陪審員の義務を回避するためならどんな苦労も惜しまない。だから僕は学生にわかってほしかった。だれもが共通の利益のために貢献しなければならない。それをしない人は、自分勝手にすぎない。

僕の父は、このことを自ら手本となって教えた。一方で、地元のリトルリーグのコミッショナーをしていたときには、斬新な教え方を思いついた。

リトルリーグの審判は感謝されない仕事だ。ストライクやボールと判定するたびに、子供や親がだれかしら、まちがっていると思いこむ。また、審判は恐怖をともなう仕事でもあった。子供がやたらとバットを振りまわす後ろに立って、ときには暴投を避《よ》けなければならない。

そこで、父はあることを思いついた。大人のボランティアを集めるかわりに、年長部門の選手に審判をさせたのだ。審判に選ばれることは名誉だとも強調した。

審判をした子供は、いかに大変な仕事かを理解して、審判にほとんど文句を言わなくなった。年下の面倒を見ているという満足感もあった。一方で年少部門の子供たちは、ボランティアを引き受ける年上の子供をお手本にするようになった。

父は新しい共同体主義を編みだした。父にはわかっていた。人とかかわることによって、僕たちはもっと成長できるのだ。

とにかく頼んでみる

父が最後にディズニーワールドへ行ったとき、僕と四歳のディランと三人でモノレールを待っていた。ディランは、ロケットのようにとんがった先頭に運転手と一緒に座りたくてたまらなかった。テーマパークを愛する父も、とびきりのスリルだと思った。

「残念だけど、一般の客はあそこに座らせてもらえないな」と、父は言った。

「実はね、父さん。イマジニア時代に、あの先頭に座るコツを教えてもらったんだよ」

僕は、笑顔で立っている係員に声をかけた。「三人で先頭に座らせてもらえますか？」

「ええ、もちろん。どうぞ」。係員はゲートを開け、僕たちを運転手のそばの席に案内した。父がすっかり面食らっているのを見たのは、人生であの一度きりだった。

僕は基本的に、頼みごとがかなりうまい。いまでも自慢に思っているのは、コンピュータサイエンスの世界的権威フレデリック・ブルックス・ジュニアに、勇気をふりしぼって連絡したことだ。五〇年代にIBMに入社したブルックスは、のちにノースカロライナ大学にコンピュータサイエンス学部を設立した。

当時二〇代後半だった僕は、ブルックスと面識はなく、まずメールを出した。「バージニアからノースカロライナまで訪ねたら、三〇分だけ会っていただけますか？」返事が来た。「はるばるやって来るなら、三〇分以上時間をつくりましょう」

彼は僕のために九〇分を割いてくれて、僕の生涯の師となった。のちに、彼は僕にノースカロライナ大学での講義を依頼した。そのノースカロライナへの旅で、僕は人生最大の瞬間を経験することになる——ジェイに会ったのだ。

最近は残された時間が少ない僕だから、「とにかく頼んでみる」ことがずいぶんうまくなった。病院の検査結果が出るまでは何日もかかるが、いまの僕は、結果を待ちわびながら時間を過ごしたくはない。だから病院ではいつもたずねる。

「結果が出るまで、いちばん早くてどのくらいかかりますか？」

返事はたいていこんな具合だ。「そうですね、一時間でお伝えできるかもしれませ

とにかく頼んでみる

ん」

「わかりました……訊いてみてよかった！」

まずは頼んでみよう。「もちろん」という返事が返ってくる場合は、あなたが思っているより多い。

すべての瞬間を楽しむ

カーネギーメロン大学のジャレッド・コーン学長に最後の講義をすると話したら、こう言われた。「楽しむことについて話してくれ。きみのことは、いつも楽しんでいる人として覚えていたい」

僕は言った。「それもできますが、魚が水の大切さについて話すようなものでしょう」

僕は「楽しまない」方法を知らない。僕は死にかけていて、僕は楽しんでいる。残された毎日を楽しんで過ごすつもりだ。それ以外に人生を生きる方法はないから。

これは、A・A・ミルンの童話『くまのプーさん』に登場するキャラクターに当てはめて考えるとぴったりだ。自分は陽気なティガーか、それとも根暗《ねくら》なイーヨーか。僕がどちらを選ぶかは、言うまでもない。

去年のハロウィーンも、僕はおおいに楽しんだ。ジェイと僕、そして三人の子供はディズニーのアニメ、インクレディブル一家の仮装をした。写真を僕のウェブサイトに掲載しているから、われらが「インクレディブル（信じられないほどすばらしい）」一家の姿はだれでも見ることができる。子供たちは最高だ。ニセの筋肉をつけた僕は無敵の男。写真の横に「化学療法は僕のスーパーパワーに大きな影響は与えなかった」とコメントを添えたら、うれしい返信が山ほど届いた。

先日は、三人の親友とスキューバダイビング旅行を楽しんだ。高校時代の友人ジャック・シェリフ、大学時代のルームメイトのスコット・シャーマン、そしてエレクト

われらがインクレディブル一家
「化学療法は僕のスーパーパワーに大きな影響は与えなかった」

ロニック・アーツで知り合った友人スティーブ・シーボルト。旅行の意味には全員が気づいていた。彼らは僕の人生のさまざまな時期の友人で、送別会となる週末を一緒に過ごしたのだ。

三人は互いによく知らなかったが、すぐに強い絆が生まれた。いい歳の大人が、週末のほとんどは一三歳の少年みたいだった。

癌の話題から「愛しているよ」などと感傷的な会話になることは、うまく避けた。そのかわりに、僕たちはひたすら楽しんだ。昔の話で盛り上がり、ばか騒ぎをして、からかいあった（実際はほとんど僕が標的だった。最後の講義以来、「ピッツバーグの聖ランディ」と呼ばれていることをネタにされたのだ）。

僕は、自分のなかのティガーを逃がすつもりはない。墓石にどんな言葉を刻んでほしいかとだれかに訊かれて、僕はこう答えた。「ランディ・パウシュ――末期癌の宣告から三〇年生きた」

ここに誓う。その三〇年に、僕はたくさんの楽しみを詰めこもう。三〇年に届かなくても、残されたすべての時間に楽しみを詰めこもう。

楽観的になる

癌を宣告されたあと、ある医者に言われた。「大切なのは、しばらく生きられるかのようにふるまうことですよ」

僕の気持ちは彼の助言より先に進んでいた。

「先生、僕はコンバーチブルの新車を買ったばかりなんです」

僕は現実から目を背けてはいない。避けられない運命をしっかり見つめている。死にながら生きているようなものだ。でも同時に、まだ生きながら、たしかに生きている。

腫瘍科医のなかには、半年先の診察の予約をする人もいる。患者にとっては、自分がそれまで生きていると医者が思っているのだという、楽観的なしるしだ。末期の患者は次の診察予約の紙を飾り、自分に言い聞かせるときもある。「予約の日までがんばろう。診察に行ったら、いい知らせを聞けるだろう」

ピッツバーグの外科医ハーブ・ゼーは、不適切に楽観的な患者や、肝心な事実をわかっていない患者を心配する。一方で、患者が友人や知り合いから楽観的になれと言われると、悲しくなるそうだ。つらい日々を送りながら、自分が楽観的ではないから大変なのだと思っている患者を見て、彼は心を痛めている。

僕の考える楽観的とは、精神状態のひとつだ。楽観的でいれば、目に見えることをやって物理的な状態を改善できる。楽観的でいれば過酷な化学療法も我慢しやすくなるし、最先端の治療を探しつづけようと思える。

ゼー医師に言わせれば、僕は「楽観主義と現実主義の健全なバランス」の見本だ。癌を人生の経験のひとつとして、受け入れようとしているように見えるそうだ。

新しいコンバーチブルでのドライブは楽しい。末期癌を克服した前代未聞の男になる方法が見つかるかもしれないと、考えるのも好きだ。もしかなわなくても、そういう気持ちでいるほうが、一日ずつ生きていく支えとなる。

たくさんのインプット

最後の講義がインターネットで広まって以来、長年の知人から次々に連絡をもらっている。子供のころの隣人もいれば、久しく会っていない知人もいる。彼らの温かい言葉と思いやりに感謝している。

昔の教え子や同僚からのメッセージを読むのは、とても楽しい。ある仕事仲間は、彼が終身教授になる前の僕からのアドバイスを思いだしたそうだ。僕は彼に、学部長の言葉にはとにかく気をつけろと警告した（「何かほかのことをやってみたらどうかとさりげなく言われたら、棒で追われる覚悟をしたほうがいい」と言ったそうだ）。ある教え子は僕に刺激を受けて、「指しゃぶりはやめて豊かな人生を生きよう」という自己啓発のウェブサイトを立ち上げたと、メールで報告してきた。自分の可能性よりはるかに劣る生き方をしている人たちを、手助けするサイトだ。

現実を思いださせる便りもある。僕が高校時代に片思いしていた女性は、お大事にと手紙をくれて、当時の僕が彼女にとってどんなに変なヤツだったかを優しく念押しした（彼女は博士《ドクター》ではなく医者《ドクター》と結婚したことも、さりげなく書いてあった）。知らない人からもたくさんの手紙が届いて、彼らの好意に励まされている。多くの人は、自分や自分の愛する人が死と臨終の問題とどのように闘ったか、助言をくれる。

夫が四八歳のとき膵臓癌で亡くなった女性は、彼の「最後のスピーチ」の聴衆はささやかだったという。彼女と子供たち、夫の両親と兄弟。夫はみんなの導きと愛に感謝を伝え、一緒に行った場所の思い出を語り、自分の人生でいちばん大切だったことについて話した。夫の死後、家族はカウンセリングに救われた。「私がいまわかるのは、パウシュ夫人とお子さんたちが、話をして、泣いて、懐かしむことが必要になるということです」

三歳と八歳の子供を残して、夫に脳腫瘍で先立たれたという別の女性は、ジェイの支えとなる言葉を送ってくれた。「子供たちは大きな大きな慰めと愛の源であり、毎朝、笑顔で起きる最大の理由になります。ランディが生きているあいだに助けを求めてください。そうすれば彼との時間を楽しめます。彼がいなくなったときに助けを求めてください。そうすれば大切なことのために強くなれます。同じような喪失感を経験した人たちと会ってください。あなたと子供たちにとって慰めになります」

四〇代前半で心臓に重い病気をかかえる男性は、インドの宗教的指導者で一九八六年に他界したクリシュナムルティについて書いてきてくれた。クリシュナムルティは、死にかけている友人にどんな言葉をかければいいかと訊かれてこう答えた。「あなたの友人に言いなさい。彼が死ぬときは、あなたの一部も死んで一緒に行くと。彼がどこに行くとしても、あなたも行く。彼は一人ではないのです」。男性はメールで僕を励ましてくれた。「あなたは一人ではないのです」

最後の講義をきっかけに著名人からもらったコメントや好意にも、心を動かされた。その一人、テレビ司会者のダイアン・ソーヤーは番組で僕にインタビューをした。カメラがまわっていないときに、僕が子供たちに手紙とビデオを残すつもりだと話すと、彼女は僕が子供たちとかかわったことを具体的に語りかけることが大切だと助言してくれた。いろいろ考えて、僕は一人ひとりにこんなふうに伝えることにした。

「きみが頭を後ろにそらして笑うしぐさが大好きだよ」

ジェイと僕のカウンセリングをしている心理療法士のミッシェル・レイスは、くり返される検査のストレスで僕が自分を見失わないように、手助けしてくれる。おかげで、広い心と前向きな気持ちで家族との時間を大切にすることができ、ほぼすべての関心を家族に注いでいる。僕は人生の大半を通じて、カウンセリングの効果を疑ってきた。追い詰められたいまは、カウンセリングがいかに大きな助けになるかを実感している。腫瘍科の病室を訪ねて、自分だけで闘い抜こうとしている患者たちに、このことを教えてまわりたい。

実にたくさんの人から信仰に関する言葉をもらった。彼らの言葉と祈りにとても感謝している。

僕は、信仰はとても個人的なものだと考える両親に育てられた。最後の講義で自分の具体的な宗教に触れなかったのは、すべての信仰に当てはまる普遍的な原則を語りたかったからだ。人との関係を通して僕が学んだことを、伝えたかったからだ。

そうした人間関係のなかには、もちろん教会で築いたものもある。僕たちが通っていた教会のM・R・ケルシーという女性は、僕の手術のあとに一一日間、毎日病院に来てくれた。癌を宣告されて以来、牧師は大きな支えとなっている。牧師とはピッツバーグで同じプールに通っていた。末期癌だとわかった翌日もプールで会った。僕は飛び込み台に上がり、プールサイドに腰かけていた彼にウインクをして、板を勢いよく蹴った。

僕がプールサイドに行くと、彼が言った。「健康体のお手本みたいだね、ランディ」

「それはつまり、見た目だけではわからないということです。僕は気分もいいし、元気に見えるけれど、昨日癌が再発したと言われました。あと三カ月から六カ月しか生きられないそうです」

それから僕たちは、死に備える最善の方法について話した。

「生命保険には入っているんだろう？」

「ええ、すべて万端です」

「では、感情の保険も必要だな」。感情の保険の掛け金は、僕のお金ではなく時間で払うそうだ。

話の最後に、僕と子供たちが一緒にいるビデオをたくさん撮っておかなくてはいけないと牧師は言った。僕たちがどんなふうに遊んで、笑い合ったかという記録だ。何年もたってから、触れ合って一緒にいる僕たちを見て、子供たちは安らぎを感じるだろう。さらに、ジェイに僕の愛の記録を残す具体的な方法についてもアドバイスをくれた。

「感情の保険の掛け金をいまのうちに、気持ちが元気なうちに払っておけば、これから先の負担が軽くなる。より安らかな気持ちになれる」

友人たち。愛する人たち。牧師。まったく知らない人たち。僕の幸せを祈り、僕を励ましてくれる人たち。人間のいちばん素敵な部分を知ることができて、心から感謝している。僕が歩んでいるこの旅で、一人だと思ったことは一度もない。

第6章 最後に

いとしいわが子へ――僕の大切な宝物へ。
そして、愛するジェイへ。

子供たちへ

　子供たちに言いたいことはたくさんある。いまは幼すぎて理解できないだろう。デイランは六歳になったばかり。ローガンは三歳。クロエは一歳半だ。僕は子供たちに、僕がどんな人間で、僕がいつもどんなことを信じてきて、僕がどんなふうに彼らを愛してきたかを知ってほしい。でも彼らの年齢を考えると、そのほとんどは理解できないだろう。

　僕が彼らと別れたくないとどんなに思っているか、子供たちがわかってくれたらいいのに。

　ジェイと僕は、僕が死にかけていることをまだ子供たちに話していない。症状がもっと進むまで待つべきだと助言されている。いまのところ、あと数カ月しか生きることはできないが、僕はかなり元気そうに見える。だから子供たちも、僕が彼らの顔を見るたびに「さようなら」を言っているとは、気がつかずにいる。

彼らが大きくなったときに父親がいないと思うと、僕は悲しくなる。ただし、シャワーを浴びながら泣いているときに、「あの子たちがあんなことをするのを見ることができない」「こんな姿を見ることはできない」と、いつも考えているわけではない。僕が失うものより、彼らが失うものを考えているのだ。

たしかに、「僕はあれもしてやれない、あんな彼らを見ることもできない……」という悲しみもある。でも、僕が子供たちのことで深く悲しんでいる大部分は、「あの子たちはあれもできない……これもできない……」という思いだ。それを考えはじめると胸がかきむしられる。

僕に関する子供たちの記憶は、おぼろげかもしれない。だから、彼らが忘れないだろうことを一緒にしようとしている。できるかぎり鮮明な記憶にしておきたい。ディランと僕はイルカと泳ぎに行った。子供がイルカと泳いだ経験は、なかなか忘れないだろう。写真もたくさん撮った。

ローガンをディズニーワールドに連れて行くつもりだ。僕と同じくらい好きになるだろう。彼はミッキーマウスに会いたがっている。僕は会ったことがあるから紹介してやれる。ジェイと僕は、ディランも一緒に連れて行こうと思っている。最近のロー

ディランと思い出づくり

ガンは、兄と同じことをしないと気がすまないようだ。

毎晩、寝るときに、僕はローガンに一日でいちばん楽しかったことは何かと訊く。答えはいつも同じ――「ディランと遊んだこと」。そして一日でいちばんおもしろくなかったことは――「ディランと遊んだこと」。二人は兄弟の絆で結ばれている。

クロエが僕をまったく覚えていないかもしれないことは、わかっている。まだ幼すぎる。でも、彼女にはじめて恋した男性が僕だったことを感じながら、成長してほしい。父と娘の関係については、大げさに言われすぎだとずっと思っていた。いまはそのとおりだと言いたい。ときどき彼女に見つめられると、僕は涙が止まらなくなる。

子供たちが大きくなったとき、ジェイが話してやれることはたくさんある。僕の楽観主義について、楽しむことが大好きだったことについて、人生で追いかけてきた目標について。僕が怒るようなことも、彼女はちゃんと話すかもしれない。人生に対する分析的なアプローチは度が過ぎていたとか、自分がいちばんよく知っていると（あまりに頻繁に）主張したとか。

でも彼女は控えめな女性だから、僕よりはるかに控えめだから、心の底から本当に彼女を愛した男性と結婚したとは、自分の口から子供たちに言わないかもしれない。小さな子供が三人いる母親は、だれでも子供の世話で精一杯だ。そこに癌の夫が加われば、つねにだれかの要求に応えることになる。彼女がどれだけ献身的に僕たちみんなの世話をしていたか、子供たちにもわかってほしい。

僕はこのごろ、かなり若いときに親を失った人と話をする機会をつくっている。つらい時期をどんなふうに乗り越えたか、どんな形見がいちばん意味があるのかを知りたいのだ。

彼らは、母親や父親が自分をどれだけ深く愛していたかを知って、慰められたという。そのことを知るほど、その愛を感じることができる、と。

いなくなった親を誇りに思える理由も求めている。自分の親がすばらしい人だったと信じたいのだ。親が残した業績を具体的に調べた人もいれば、自分のなかで神話化する人もいる。全員が、自分の親が特別だった理由を知りたがっていた。

もうひとつ、彼らが話してくれたことがある。親について自分の記憶は少ししかないから、親が自分の思い出をたくさん抱きしめながらこの世を去ったのだと知って、安心したという。

だから僕も子供たちに、僕の心のなかは彼らの思い出でいっぱいだと知ってほしい。

まず、ディラン。彼の愛情の深さと、他人に共感できるところを、僕は尊敬している。ほかの子供が傷ついていたら、ディランはおもちゃか毛布をもって行ってやる。ディランは分析的でもある。父親と同じだ。答えより質問が大切だということも、すでに理解している。たいていの子供は「どうして？　どうして？」と訊く。わが家の決まりのひとつは、単語ひとつだけの質問をしないこと。ディランはきちんとした文章で質問するのが大好きで、探究心は年齢より進んでいる。幼稚園の先生もべたぼめだ。「ディランといると、いつのまにか私たちもまじめに考えています。どんな大人になるのか楽しみですよ」

ディランは好奇心の王様でもある。どこへ行っても、ほかのところへ行きたがる。「ねえ、あっちに何かあるよ！　行ってみよう、触ってみよう、分解してみよう」と思っているのだ。フェンスがあったら、子供は棒でたたきながら歩いて「カラン、カラン、カラン」と鳴らすだろう。でも、ディランはそれでは満足しない。彼はフェンスが緩んでいるところを棒で突っついて、くいを一本抜き、それでフェンスを鳴らす。くいのほうが太くていい音が出るからだ。

ローガンは何でも冒険にする。生まれてくるときは産道にひっかかって、二人の医師が鉗子《かんし》を使って世の中にひっぱりだした。医者の一人は片足をテーブルに載せ、全力でひっぱった。彼は途中で僕のほうをふり返って言った。「これでダメなら、馬に鎖をつけて引かせましょう」

ローガンにとってはつらい旅だった。産道で長いあいだ締めつけられていたため、生まれてすぐは両手が動かなかった。心配したけれど、それもつかのまだった。いったん動きはじめたら止まらなかったのだから。彼は積極的なエネルギーのかたまりで、何にでも興味を示し、だれとでも友だちになる。まだ三歳だが、大学の友愛会で社交部長になると予言しておこう。

クロエはとても女の子らしい。僕はちょっぴり畏敬の念さえ覚える。彼女が生まれるまで、女の子らしいとはどういうことか、想像もつかなかった。帝王切開で出産日を決めていたが、ジェイが破水して、病院に着いてまもなくするりと出てきた（ジェイが聞いたら、「するりと出てきた」なんて表現は男だから言えるのだと思うかもしれない）。クロエをはじめて抱いて、小さな女の子の顔をのぞきこんだとき……あれは僕の人生でも特別に強烈で、神聖な瞬間だった。息子たちのときとは違う結びつきを感じた。晴れて「娘のわがままなら何でも聞くクラブ」の一員になったのだ。

クロエを見ているのが、僕はとても好きだ。いつも怖いもの知らずで大胆に動きま

ローガンは究極のティガー

わるディランとローガンと違って、クロエは慎重だ。繊細かもしれない。家の階段のいちばん上に安全ネットを張っているが、彼女には必要ない。怪我をしないように自分であらゆる注意をするからだ。どんな階段でもすさまじい音をたてて駆け下り、危険をまったく恐れない二人の男の子に慣れていたジェイと僕にとって、新しい経験だった。

僕は三人の子供たちのすべてを、それぞれ違うかたちで愛している。彼らが生きているかぎり僕が彼らを愛することを、彼らに感じてほしい。ずっと愛しているよ。

ただ、僕の時間は限られている。どんなふうに子供たちとの絆を強めることができるか、考えなくてはいけない。そこで、一人ひとりとの思い出を並べたリストをつくっている。僕にとって子供たちがどういう存在かを、僕が話しているビデオも編集している。手紙も書いている。さらに、最後の講義のビデオを——そしてこの本も——僕の一部として彼らに残せるだろう。最後の講義のあとに届いたたくさんの手紙は、大きなプラスチック容器に詰めこんだ。いつか子供たちが読みたいと思うかもしれない。僕の講義を、友人も知らない人たちも意味のあるものだと感じてくれたことを知って、子供たちに喜んでほしい。

僕は子供のころの夢についてくり返し語ってきたから、最近は、僕が子供たちにかける夢について訊かれるときがある。

その質問には明確な答えがある。

親が子供に具体的な夢をもつことは、かなり破壊的な結果をもたらしかねない。僕は大学教授として、自分にまるでふさわしくない専攻を選んだ不幸な新入生をたくさん見てきた。彼らは親の決めた電車に乗らされたのだが、そのままではたいてい衝突事故を招く。

僕が思う親の仕事とは、子供が人生を楽しめるように励まし、子供が自分の夢を追いかけるように駆り立てることだ。親にできる最善のことは、子供が自分なりに夢を実現する方法を見つけるために、助けてやることだ。

だから、僕が子供たちに託す夢は簡潔だ。自分の夢を実現する道を見つけてほしい。僕はいなくなるから、きちんと伝えておきたい。僕がきみたちにどんなふうになってほしかったかと、考える必要はないんだよ。きみたちがなりたい人間に、僕はなってほしいのだから。

たくさんの学生を教えてきてわかったのだが、多くの親が自分の言葉の重みに気がついていない。子供の年齢や自我によっては、母親や父親の何気ない一言が、まるでブルドーザーに突き飛ばされたかのような衝撃を与えるときもある。ローガンが大学の友愛会で社交部長になるだろうという予言も、この本に残しておくべきかどうか自信がない。大学に入った彼が、父親は自分に友愛会に入ってほしかったとか、そこでリーダーになってほしかったとか、そういうふうには決して思ってほしくない。彼の人生は、彼の人生だ。僕はただ、子供たちに、情熱をもって自分の道を見つけてほしい。そしてどんな道を選んだとしても、僕がそばにいるかのように感じてほしい。

ジェイへ

癌と闘っている家族なら知っているように、世話をする人は二の次になりがちだ。患者は自分のことで頭がいっぱい。お世辞や同情も患者に集まる。世話をする人は重労働を負わされ、自分の痛みや悲しみと向き合う時間はほとんどない。

妻のジェイは、癌患者だけでなく、小さな三人の子供もかかえている。だから、最後の講義の準備をしながら僕は考えた。この講義が僕の最高の舞台となるなら、どんなに彼女を愛していて、感謝しているかを、みんなの前で示すことにしたのだ。

講義の終盤で、人生で学んだ教訓をまとめながら、自分だけでなく他人のことを一生懸命に考えることがいかに大切かと話した。そして、舞台の袖を見ながら言った。

「だれかのことを考えている具体的な例があるかな？　ここへもってきてくれるかい？」

その前日はジェイの誕生日だったから、ろうそくを一本立てた大きなバースデーケーキを用意していたのだ。ジェイの友人のクレア・シュリューターがワゴンに載せたケーキを運んでくるあいだに、僕は聴衆に向かって、ジェイの誕生日をきちんとお祝いしていなかったことを説明してお願いした。四〇〇人が彼女のために歌ってくれたら嬉しいのだけれど、と。聴衆は拍手で歓迎してくれ、そして歌いはじめた。

「ハッピー・バースデー・トゥー・ユー

ハッピー・バースデー・トゥー・ユー

ハッピー・バースデー、ディア・ジェイ……」

とてもすばらしかった。講堂に入りきれずにカメラの中継で講義を聴いていた人たちも、一緒に歌ってくれた。

みんなで歌いながら、僕はようやくジェイの顔を見た。最前列に座った彼女は涙をぬぐい、驚いた笑顔を浮かべ、とても愛しかった。少し恥ずかしそうにしながら、でも美しく、嬉しそうで、圧倒されていた……。

僕がいなくなったあとの彼女の人生を受け入れるためにどうすればいいか、ジェイと僕はいろいろ話し合っている。僕の状況を表すのに「幸運」という言葉は奇妙だが、僕のなかには、バスに轢かれて死ぬのではないことは幸運だという気持ちがある。癌は、大切なことをジェイと話し合う時間をくれた。心臓発作か交通事故で死ぬ運命だったら、それはかなわなかっただろう。

僕たちはどんなことを話し合っているのか。

まず、人の世話をすることに関する最高のアドバイスとして、飛行機の客室乗務員の言葉を二人とも忘れないようにしている。

「周りの人を手伝う前に、自分が酸素マスクを着けてください」

面倒見のいいジェイは、自分の面倒を見るのをよく忘れる。肉体的にも精神的にも疲れきったら、だれのことも助けられなくなる。幼い子供の世話はとくにそうだ。だから、一日のうちのたとえわずかな時間でも、一人になって自分の充電をすることは、弱いことでも利己的なことでもない。僕の親としての経験では、小さな子供がそばにいながら、元気を回復することはむずかしい。自分を優先させる時間も必要になると、ジェイもわかっている。

彼女はまちがいをおかすだろうし、それを受け入れればいいだけだと、僕は彼女に何度も話している。僕が生きていれば、同じまちがいを二人でおかすだろう。まちがいは子育ての一部だ。一人で子供たちを育てているせいだと自分を責めてはいけない。

一人で子供を育てる親は、物を与えて埋め合わせをするという罠にはまるときもある。でもジェイはわかっている。物を与えても、いない親のかわりにはならない。それどころか、子供の価値観を育てるうえで障害になりかねない。

ジェイがいちばん大変になるのは、多くの親と同じように、子供たちがティーンエイジャーになるころだろう。ずっと学生と過ごしてきた僕は、ティーンエイジャーの父親として認められてきたと信じたい。厳しい父親だが、彼らの考え方を理解していた。その時期が来たときにジェイのそばで助けてやれないのが、とても残念だ。

でも、いい面もある。友人や家族もジェイを助けたいと思っていて、ジェイも助けてもらうつもりでいることだ。子供はさまざまな人に愛されることが必要で、親を失った子供はとくにそうだ。僕の両親は、僕の人生に重要な影響を与えるのが、自分たちだけではいけないとわかっていた。だから父は僕にフットボールをやらせ、グレアム監督に預けたのだ。ジェイも僕たちの子供に〝グレアム監督〟を探すだろう。

だれもが訊きたい質問にも答えよう。

何よりも僕はジェイに幸せになってほしい。だから彼女が再婚に幸せを見つけるのなら、それはすばらしい。再婚しなくても幸せを見つけるのなら、それもすばらしい。

ジェイと僕は一生懸命に結婚生活を送ってきた。コミュニケーションや、相手が必要としていることや強さを感じることがずいぶんうまくなり、愛し合う理由をたくさん見つけてきた。これから三〇年、四〇年と、結婚の豊かさを一緒に経験できないことが悲しい。これまでの努力の分の幸せを、まだ味わいきっていない。それでも八年間の結婚生活は、何にもかえがたい。

いまのところ、僕は病気とかなりうまく闘っている。ジェイもそうだ。彼女が言うように「だれも私のために泣く必要はない」のだ。

でも、僕たちは正直でもありたい。カウンセリングにはとても助けられているが、つらいときもある。二人してベッドのなかで泣いてから、ぐっすり眠って、目が覚めてさらに泣いたりする。目の前の仕事に集中することで、なんとかもちこたえている部分もある。僕たちはボロボロになるわけにはいかない。睡眠もとらなくてはいけない。朝になったらどちらか一人は起きて、子供たちに朝食を食べさせなくてはいけないからだ。きちんと書いておこう。その仕事を担当しているのは、ほぼ毎朝、ジェイだ。

この前、僕の四七歳の誕生日を祝った。ジェイは「愛する人の最後の誕生日に何を贈るか」という難題に直面した。彼女が選んだのは、腕時計と大画面のテレビ。僕はテレビが好きではないが（時間のむだだからだ）、完璧なプレゼントだ。いずれ、ほとんどベッドで寝たきりになる。テレビは外の世界との最後のつながりになるだろう。

ジェイの言葉に、僕はまともに答えられないときがある。

「ベッドに寝転がってもそこにあなたがいないなんて、想像できない」

「子供たちを旅行に連れて行って、あなたが一緒にいないなんて」

「ランディ、いつもあなたが計画を立てるのよ。これからはだれがやるの？」

僕は心配していない。ジェイはうまく計画を立てるだろう。

最後の講義でみんなが「ハッピー・バースデー」と歌ってくれたあと、次にどうするかは何も考えていなかった。でも、彼女を壇上に呼び、彼女が僕のほうに来るあいだに、自然な衝動がこみあげてきた。僕たちは抱き合い、キスをした。最初は唇に、そして彼女の頬に。拍手が鳴りやまなかった。その音ははるか遠くで鳴っているみたいだった。

ジェイが僕の耳元でささやいた。

「お願い、死なないで」

映画の台詞みたいだが、彼女はたしかにそう言った。僕は彼女をさらに強く抱きしめるしかなかった。

夢のほうからやって来る

何日も前から、講義の最後は胸が詰まってうまくしゃべれなくなりそうで、心配だった。そこで不測の事態に備えた。まとめの言葉を四枚のスライドにしたのだ。壇上で言葉がつづかなくなったら、黙ってスライドをクリックして、「今日はありがとうございました」と言えばいい。

僕は一時間以上、壇上にいた。化学療法の副作用があり、立ちっぱなしで、感情もこみ上げていたから、本当に疲れきっていた。

同時に穏やかな気持ちで達成感を味わっていた。僕の人生は一周してつながった。講義とこの本の最初に、八歳のころの夢のリストを紹介した（三八ページ）。三八年後のいま、そのリストをもとに言うべきことを言い、講義をやりとおすことができた。

多くの癌患者は、病気のおかげで人生を新しく、より深く理解できるようになったと言う。病気に感謝していると言う人さえいる。僕は自分の癌にそこまで感謝していないが、死ぬときをあらかじめ知ることができたことには本当に感謝している。家族の将来のために準備ができたし、カーネギーメロン大学で最後の講義もできた。ある意味で、癌になったから「自力でフィールドを去る」ことができる。

子供のころの夢のリストは、多くの役割を果たしつづけてきた。リストがなければ、感謝を伝えるべきすべての人に感謝することもできなかった。あのささやかなリストのおかげで、僕にとって本当に大切な人たちに別れを告げることができた。

ほかにも感謝しなければならないことがある。ハイテク専門の僕は、長いあいだに知り合ったり教えたりしてきたアーティストや俳優を、完全には理解できなかった。彼らはときどき、自分のなかにある「伝えなければならないもの」の話をした。僕にはそれが独善的だと思えたのだが、最後の講義が僕に教えてくれた（少なくとも僕はまだ学んでいる！）。僕のなかに、どうしても伝えなければならないことがあったのだ。僕は自分がやりたいから講義をしただけではない。やらなくてはいけなかったから、講義をしたのだ。

講義の終わりにあれほど感情を揺さぶられた理由も、わかった。講義の最後には、僕が自分の人生の終わりについてどう感じているかが、凝縮されていたからだ。

話を締めくくりながら、僕は講義のポイントをいくつかふり返った。

「今日は子供のころの夢を実現させることについてお話ししました。ところで、頭のフェイントがあったことに気がつきましたか？」

講堂は静まり返った。

「夢をどのように実現させるかという話をしたのではありません。人生をどのように生きるかという話をしたのです。人生を正しく生きれば、運命は自分で動きだします。夢のほうから、きみたちのところにやって来るのです」

僕はスライドをクリックした。大きなスクリーンにひとつの質問が映しだされた。

「二つ目の頭のフェイントに気がつきましたか？」

僕は深呼吸をした。早口で言えば最後まで言いきれると思った。僕はスクリーンの言葉をもう一度くり返した。

「二つ目の頭のフェイントに気がつきましたか？」

僕はさらに早口で言った。

この講堂にいるみなさんだけのために話したのではありません。「僕の子供たちのためなんです」

そして、最後のスライドをクリックした。

謝辞

ボブ・ミラー、デイビッド・ブラック、ゲーリー・モリスに最大の感謝を。編集者のウィル・ボーリエットは最後まで優しさと誠実さで尽くしてくれた。そして、ジェフリー・ザスローのすばらしい才能とプロフェッショナリズムに感謝している。

感謝しなければいけない人の名前は、このページには収まりきらない。幸い、ウェブサイトはスクロールができる。感謝リストの完全版はこの本のサイトを見てほしい。「最後の講義」のビデオも視聴できる（www.thelastlecture.com）。

僕は膵臓癌で人生を失おうとしている。この病気と闘う二つの組織とともに活動している。

Pancreatic Cancer Action Network（www.pancan.org）

The Lustgarten Foundation（www.lustgarten.org）

カーネギーメロン大学について

カーネギーメロン大学は工科大学を前身とする私立大学で、一万人以上の学部生と大学院生が、工学やコンピュータサイエンス、ロボット工学、ビジネス、公共政策、芸術、人文社会学など特色あるさまざまな分野を学んでいる。グローバルな大学として、米ペンシルベニア州ピッツバーグのほか、カリフォルニア州シリコンバレー、カタールのドーハにもキャンパスを構える。アジア、オーストラリア、ヨーロッパにもアメリカの修士号を取得できる課程がある。

兵庫県神戸市のカーネギーメロン大学日本校では、大学の研究機関ＣｙＬａｂの教育部門である情報ネットワーキング研究所（ＩＮＩ）の課程を通してアメリカの修士号（情報技術‐情報セキュリティ）を取得できる。ＣｙＬａｂは、カーネギーメロン大学が二〇年以上にわたり情報技術界を牽引してきた実績をもとに設立され、多くの専門分野にまたがった総合的な学際研究をリードしている。二〇〇八年には大阪市にエンターテインメント・テクノロジー・センター（ＥＴＣ）の研究拠点を開いた。

訳者あとがき

二〇〇七年九月一八日、米ペンシルベニア州ピッツバーグのカーネギーメロン大学で、バーチャルリアリティの権威として知られるランディ・パウシュ教授が「最後の講義」を行った。

アメリカの大学ではときおり、人気教授が「人生最後の機会」と仮定して特別講義をする。パウシュの講義もそのひとつだったが、彼の場合は特別な事情があった。一年前の二〇〇六年九月に膵臓癌を告知され、講義を引き受けた直後に癌の転移が判明。余命半年足らずと宣告されていたのだ。

当時、パウシュは四六歳。長く独身生活を謳歌したあとにめぐりあった最愛の妻と、三人の幼い子供と暮らしていた。コンピュータサイエンスの世界で揺るぎない実績を築き、プライベートも存分に楽しんで、充実した日々を過ごしていた。

そんな彼が文字どおり「最後」となる講義に選んだテーマは、「夢を実現すること」。パウシュは幼いころからたくさんの夢を思い描いてきた。『スター・トレック』のカーク船長に憧れ、ディズニーワールドや宇宙に魅了されたのは、一九六〇年に生まれた少年ならではだろう。しかも彼はほとんどの夢を実現させて、実現できなかった夢からも大切なことをたくさん学んだと語る。

夢を実現させようとすれば、壁にぶつかるときもある。ぶつかるときのほうが多いかもしれない。でも、壁は私たちの行く手をさえぎるためにあるのではなく、その夢をどれだけ真剣に追い求めているかを気づかせるためにあるのだと、パウシュはくり返す。夢を見ること、そしてその夢をかなえようと努力することが、彼の人生そのものだ。

夢を実現すること、人生を楽しむこと、家族や大切な人たちを愛して愛されること。最後の講義は、人生をいかに「生きる」かという力強い情熱にあふれていた。そのエネルギーに魅了されたのは、講堂を埋め尽くした四〇〇人以上の聴衆だけではなかった。新聞や人気テレビ番組で報じられ、さらに講義の映像がＹｏｕＴｕｂｅなどネットで公開されて、アメリカだけでなく各国で大きな反響を呼んでいる。

この本は講義のキーワードをまとめた記録であり、講義の「つづき」でもある。講義の映像を見た人も、一つひとつの言葉をあらためてかみしめてほしい。また、講義ではあまり語られなかった家族への思いも詰まっている。パウシュが講義を引き受けた大きな理由は、まだ幼い子供たち（五歳、二歳、一歳）が成長したときに、父親の人生と愛を知ってほしいから。大学教授として学生たちに語りかけた言葉は、父親から子供に贈る言葉でもあった。大きくなってこの本を読んだ子供たちは父親の愛を知って——きっと笑顔になるはずだ。

最後の講義のあとに実現した夢もある。二〇〇七年一〇月に、パウシュはＮＦＬのピッツバーグ・スティーラーズの練習に参加した。一一月には、映画『スター・トレック』の最新版の撮影に参加。台詞もあったという。スティーラーズのユニフォームを着て、宇宙船の乗組員の服を着て、子供のように（子供より？）瞳をきらきらと輝かせている姿が目に浮かぶ。そして本書で約束しているとおり、二〇〇八年一月には次男のローガンを連れてディズニーワールドを訪れた。長男のディラン、妻のジェイと四人でミッキーマウスに挨拶もしたそうだ（末娘のクロエは残念ながらお留守番だった）。

死を目前にして幸せな人生だったと断言できるのは、一生懸命に生きてきたという自信があるからだろう。たくさんのすばらしい人たちに支えられてきたと心から感謝できるのは、自分も彼らを愛してきたという自信があるからだろう。不謹慎な言葉ではあるが、うらやましいとも思った。こんなふうに人生をふり返って、愛する人たちに感謝して、生きることをあきらめずに最期の時を迎えることもできるのだと。

生来の性格とはいえ、とことん前向きで楽観的なパウシュには圧倒される。最後の講義もこの本も、決して「遺書」ではない。彼が語るのは、生きることへの尽きない情熱だ。たしかに強がっているところもあるだろう。でも、そこに最後まで生き抜こうという覚悟を感じる。楽観的でなければ自分ではない。楽しく生きる以外に人生の生き方を知らない。いたずらに涙を流して死を待つだけでは、パウシュにとって、残された貴重な時間を「生きる」ことにならないのだ。

パワーと愛にあふれた一冊と引き合わせてくださったランダムハウス講談社の常盤亜由子さん、ありがとうございました。

二〇〇八年四月

矢羽野　薫

著者紹介

ランディ・パウシュ
Randy Pausch

カーネギーメロン大学教授(コンピュータサイエンス、ヒューマン・コンピュータ・インタラクション、デザイン)。1988〜1997年はバージニア大学で教鞭をとる。教師としても研究者としても評価が高く、アドビ、グーグル、エレクトロニック・アーツ、ウォルト・ディズニー・イマジニアリングで働いた経験もある。ストーリーテリングやゲームを通じて初心者がプログラミングを簡単に学べる革新的な3Dグラフィクス作成環境「Alice(アリス)」の生みの親の1人。カーネギーメロン大学のドン・マリネリ教授とともにエンターテインメント・テクノロジー・センター(ETC)を設立。

ジェフリー・ザスロー
Jeffrey Zaslow

ウォールストリート・ジャーナル紙コラムニスト。パウシュの最後の授業を聴いて記事を書き、その感動を世界中に広める大きなきっかけとなった。

訳者紹介

矢羽野薫
やはの・かおる

千葉県生まれ。会社勤務を経て翻訳者に。訳書に『驚異の古代オリンピック』(河出書房新社)、『運のいい人、悪い人』(角川書店)、『マイクロソフトでは出会えなかった天職』(ランダムハウス講談社)など。

最《さい》後《ご》の授《じゅ》業《ぎょう》

ぼくの命《いのち》があるうちに

2008年 6 月18日　第1刷発行
2008年10月 6 日　第8刷発行

著者
ランディ・パウシュ／ジェフリー・ザスロー

訳者
矢羽野薫

発行者
武田雄二

発行所
株式会社ランダムハウス講談社
〒162-0814 東京都新宿区新小川町9-25
電話03-5225-1610(代表)
http://www.randomhouse-kodansha.co.jp

印刷・製本
中央精版印刷株式会社

ISBN978-4-270-00349-7